劉以鬯

刘以鬯 著
梅子 编

人民文学出版社

著作权合同登记号　图字 01-2017-8521

图书在版编目(CIP)数据

寺内/刘以鬯著;梅子编.—北京:人民文学出版社,2017
(刘以鬯经典)
ISBN 978-7-02-013539-4

Ⅰ.①寺… Ⅱ.①刘…②梅… Ⅲ.①中篇小说—小说集—中国—当代②短篇小说—小说集—中国—当代 Ⅳ.①I247.7

中国版本图书馆 CIP 数据核字(2017)第 288559 号

责任编辑　陈彦瑾　周方舟
装帧设计　刘　静
责任印制　苏文强

出版发行　人民文学出版社
社　　址　北京市朝内大街 166 号
邮政编码　100705
网　　址　http://www.rw-cn.com

印　　刷　河北鹏润印刷有限公司
经　　销　全国新华书店等

字　　数　167 千字
开　　本　880 毫米×1230 毫米　1/32
印　　张　9.5　插页 3
印　　数　1—5000
版　　次　2018 年 6 月北京第 1 版
印　　次　2018 年 6 月第 1 次印刷

书　　号　978-7-02-013539-4
定　　价　55.00 元

《寺内》初版问世时，作者与夫人罗佩云女士摄于香港

作者手迹

出版说明

《酒徒》《对倒》《寺内》是香港作家刘以鬯先生最具代表性的三部经典作品，创作于上世纪六、七十年代，出版以来已有多个版本，作者也对作品分别做过局部修改，使得不同版本略有差异。为方便读者阅读和研究，本社特推出“刘以鬯经典”丛书，邀请香港作家梅子担任编者，择选这三部作品的最佳修订版本重新出版，以飨读者。

其中，《酒徒》依据的是二〇〇三年香港获益出版事业有限公司推出的修订版；《对倒》依据的是二〇〇〇年香港获益出版事业有限公司付梓的长短篇合一版；《寺内》篇目、分辑、排序依据的是一九七七年台湾幼狮文化公司期刊部的初版本，作品正文则尽可能优选作者后来的修订本。

除作品之外，编者还选编了各版本序文或前言及相关评论文章作为附录，以方便研究；并为作品提供了大量注释，以方便阅读，使读者更容易理解上世纪六、七十年代的香港作品。

人民文学出版社编辑部

二〇一八年一月十日

目 录

下辑

附录

作者简介

刘以鬯,原名刘同绎,一九一八年十二月七日生于上海,祖籍浙江镇海。一九四一年上海圣约翰大学(主修哲学)毕业。一九四八年底定居香港。一九四一年至二〇〇〇年,先后在重庆、上海、香港、新加坡、马来西亚、香港等地任报纸副刊编辑、出版社和杂志总编辑。其中,一九四九年及一九五七至一九六二年,任《香港时报》副刊(《浅水湾》《快活谷》)编辑;一九六三年至八十年代,任《快报》副刊(《快活林》《快趣》)主编;一九八一年九月三十日至一九九一年四月四日,任《星岛晚报·大会堂》主编。一九八五年一月综合性文学月刊《香港文学》创刊,时出掌主编一职,直至二〇〇〇年七月一日退休,在任共编了一百八十八期。在超过半世纪的编辑生涯里,笔耕不辍,迭有新猷,发掘并栽培了许许多多文学新人,为发展香港文学贡献至钜。

刘以鬯一九三六年开始进入文坛。一九四八年,首部小说《失去的爱情》(中篇)在上海问世。迄今已有逾四十种文

学著作，主要包括小说集、散文和杂文合集，还有文学评论集等。作品屡获奖项，入选海内外多种选本、鉴赏辞典和大学教材，并被译为英、法、意、荷、日、韩等多国语言。一些小说如《酒徒》《对倒》在两岸三地有多种版本，先后销行，还被改编搬上银幕。

刘以鬯是中国作家协会会员。一九八五年与其他三十名文艺家共同发起成立“香港作家联会”，先后当选副会长、会长。一九九四年受聘为香港临时市政局“作家留驻计划”第一任作家，主编完成前所未有的大型图书《香港文学作家传略》。二〇〇一年至二〇一五年，先后荣膺香港公开大学荣誉文学教授及荣誉文学博士学位、香港岭南大学荣誉文学博士学位、香港书展及文学节首届“年度文学作家”、香港艺术发展局“杰出艺术贡献奖”“终身成就奖”、香港特区政府荣誉勋章和铜紫荆星章等。

编者的话

梅　子

中篇小说《寺内》一九六四年一月二十三日开始连载于《星岛晚报》，至同年三月二日刊完。十多年后，作者将它与其他十三篇精选作品，交台湾幼狮文化公司期刊部，于一九七七年一月出版单行本，《寺内》成了命名篇。[①] 出版者在书前(关于作者)的简介里，赞美书中“每一篇都有新颖的题材与独特的表现方式，风格别具，创新意图显明，为中国现代小说发展过程中值得注意的作品”，慧眼洞察了此书的非凡价值。集子里的十四篇杰作，此后不少屡进作者自选集，有些更入选各地的文学选粹、辞典、精读文库或语文、文学教材。

作家本人说过：“我写过一些不是诗的诗”，“我喜欢将想象力当作跳板跳入另一个思维空间去寻找影子和足迹，用不是诗的诗重编故事，使黑白变成彩色”。又云：“诗体小说

① 此单行本分两辑。上辑包括十一篇短篇，1975 年 5 月刊于《四季》。据报载同名长篇浓缩成短篇的《对倒》被视为中篇，和《寺内》及《蟑螂》共三篇中篇，合为下辑。

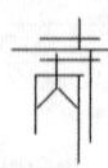

是用诗的形式写成的小说，我写《寺内》用小说的形式写诗。”①细阅本书，读者当会具体欣赏到作家艺术创造的苦心孤诣，以及香港现代小说已然达致的美妙境界。为了让内地热爱文学的读者更方便阅读，人民文学出版社与作者商定重新出版这部经典作品集。

这次新版的中、短篇集《寺内》，篇目、分辑和排序，悉照台湾幼狮文化公司期刊部一九七七年一月初版本，但作品正文却尽可能优选作者后来的修订本。这些字数参差的修订并非同时进行和完成，而是各篇每次在不同场合再现时，作者分别亲为之。编者这样做，出于以下两点考虑：我国现代卓有成就的作家无不珍视自己的心血结晶，认为“精益求精，力求更好”责无旁贷，刘先生也没有例外，趁《寺内》再版，我们应彰显他这一精神；作家笔耕不辍、创意泉涌，在追求真美善过程中也时见若有神助，为给矢志“继承前贤、光大文学”的后秀提供创作借镜和研究资料，趁《寺内》再版，我们应贯彻这一初衷。而在甄定文本之际，由于主客观原因引致的缺失，尚望各方不吝指教，先此敬申由衷谢忱。至于台湾幼狮一九七七年一月初版本，拟另收入人民文学出版社将付梓的多卷本《刘以鬯文集》中。

除此之外，编者还改正了一些手民之误，并增加必要的

---

① 见刘以鬯《我写过一些不是诗的诗》，香港《大公报·文学版》，2001年7月11日。

注释及作者手迹照、相片，在小说正文后附录四篇评论的全文或节录。其中有些评论的相关作品引文可能摘自台湾幼狮初版本，在目下这个本子里经作者删去了或改写了，有兴趣比照阅读、探讨得失的读者，敬请参见上述多卷本《刘以鬯文集》。关于《寺内》的评论探讨文章，多年来散见各种报刊，尚待有心人细加搜编成册。编者仅将此著问世起十三年间已见及的部分评研心得列此，如果有人告诉我：举隅存例有助于读者的深入阅读和欣赏，并继续鼓励更多的钻研者，那么，我的回答会是：有什么比这更教人欣慰莫名呢！

二〇一五年二月十二日初稿

二〇一八年二月二十八日定稿于香港

上　辑

动　乱

一

我是一架吃角子老虎，不是老虎。老虎有生命，我没有。在这个世界上，只有没有生命的东西才可以吃角子。我与我的同类被几个人用货车载到这里，已经是一年前的事了。那几个人在人行道上挖几个洞，将我与我的同类像小树般“种”在洞内。小树有生命，我没有。镍币是我的食粮，我吃了不少，却不会像小树那样长大。人们对我的印象都不好。有钱人将镍币塞入我的口中时，脸上的表情不好看。穷人虽然不将镍币塞入我的口中，却常常对我怒目而视。我肚中的钱，他们拿不到。他们对我不满，我不在乎。我甚至对自己的受伤也不在乎。这天晚上，几百个人像潮水一般从横街冲出来。有人大声喊口号。有人用红漆在壁上写标语。有人焚烧计程车。有人捣毁垃圾箱。有人走到我面前，两眼一瞪，用很粗很粗的铁棍击破我的脸孔。我受了重伤。他仍不罢

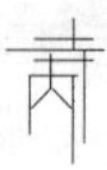

休，继续用铁棍打我，直到我弯了腰，才快步走去别处。

二

我是一块石头。在极度的混乱中，有人将我掷向警察，那警察用藤牌抵挡。我不能冲破藤牌，掉落在地，任人踢来踢去。

三

我是一只汽水瓶。说得更清楚些，我是一只“七喜”汽水瓶。一个女孩子将我肚里的汽水喝光后，我被放在汽水架里。我一直在等待，等工友将我运回汽水厂，继续装汽水在我肚里。这天晚上，一个年轻人走来，伸出右手，握住我的脖颈，疾步下楼。我见到一片混乱。餐室门前有一辆计程车在燃烧。吃角子老虎被毁坏了。路牌被拔起。几百个人在乱七八糟的长街上奔来奔去。警车疾驰而至，警察们各持木棍与藤牌，在街中心列成队形。那年轻人像支箭般穿出人群，将我掷在警察的钢盔上。我粉身碎骨。

四

我是一只垃圾箱。在混乱中,根本不知道事情怎会变成这个样子。我也有好奇,很想对当前的混乱情形看看清楚。几个人忽然围住我,不管三七二十一,将我捣得稀烂。这是一群愤怒的人,我看得出。我不知道他们为什么这样恨我。我受重伤时,身上只剩六个字:“保持城市清洁”。

五

我是一辆计程车。这天晚上,我停在计程车停车处。几百个人从横街像潮水般涌出时,有一名三划警目走进我的肚内。之后,我被人群围住。人群围了一个圈,像铁箍。有人将火油浇在我身上,划亮一根火柴,点燃火油。我被灼伤了。那警目面临生死关头,拔出左轮,对人群射了一枪。枪弹穿入一个中年男子的大腿。中年男子跌倒。人群散开。三划警目逃得无影无踪。我在燃烧中,像一盏汽油灯,照得大街通明。

六

我是一张报纸。我身上印满了字,诸如“骚动区各校今停课”“香港华人婚姻须一夫一妻制”“劳资纠纷应忠诚解决”之类。这天晚上,一个妇人用我包了一件银器,走入当铺。当掉银器后,妇人将我掷在当铺外边的人行道上。不久,平地刮起一阵大风,我被吹到骚动地点。我在空中飘舞时,见到一片混乱。路牌、交通灯、垃圾箱、吃角子老虎……都被破坏了。我有点怕,希望大风将我吹去别处,但是我的希望落了空。风势转弱时我逐渐下降。我不想离开这个世界,却在完全无能为力的情况中,飘落在那辆正在燃烧中的计程车上面。计程车还没有完全焚毁,我已变成灰烬。我不知道为什么要在此牺牲。这里边应该有个理由,我不知道。

七

我是一辆电车。在所有的交通工具中,我的年纪可能最大。每天从早到晚,沿着路轨慢慢行驶。论速度,我无法与私家车、货车或巴士相比,有时候甚至连脚踏车也赶不上;不过,大部分香港人都对我有好感。尤其是闲着无事而想看街景的人,总喜欢将我当作游览车。这天晚上,我从上环街市开出,向筲箕湾驶去,经过骚动地区,有人用镪水向我掷来,灼伤了两位乘客,逼他们从车厢里跳出。就在这时候,那司机也被人用石头击中额角,流出很多血。我再也不会动了,呆呆地停在那里。对于我,这是新鲜的经验。我从来没有遇到过这种事情。我只有好奇,一点也不紧张。我看到吃角子老虎被人用铁棍打弯腰;我看到一辆计程车在燃烧。与那辆燃烧中的计程车比起来,我是比较幸运的。我只是被人掷了一瓶腐蚀性液体,这种液体给我的伤害不大。至于那位司机,虽然受了伤,救护车驶到后,就被人抬走。救护车与警察队几乎是同时开到的。警察开到后,列成队形,用扩音机劝告群众散去,群众不散,就劝告邻近的居民关上窗户,然后发射催泪弹。我是不怕催泪弹的。那些群众终于疾步散开。气氛越来越紧张。我倒觉得相当有趣。作为一辆电车,我对人类的所作所为根本无法了解。

八

我是一只邮筒,警察队还没有开到,就有人将一根燃烧中的木条塞入我的嘴内。我一向将信当作食粮,吃下燃烧的木条后,胃部出毛病。

九

我是一条水喉铁，性格向来温和。被人削尖后，竟做了一件可怕的事情。就在这天晚上，有人将我插入交通灯。

十

我是一枚催泪弹。在混乱中，我最具权威。我发散白烟时，人们就像见到一种古代怪兽似的，快步逃避。我从来没有见过人类。这是第一次。人类实在是一种有趣的动物，尤其在惊惶失措时，奔来奔去，煞是好看。不仅如此，我对那些住在高楼大厦里的人类也很感兴趣。他们早已将窗户关上。透过玻璃，我仍能见到四个人在打牌、学童在温习功课、五六十岁的老头子在戏弄十七八岁的少女、夫妻相骂、有钱人点算钞票、病人吃药、电视机的荧光屏上有一个美丽的女人、两个中年男子在下象棋……我看到的种种，都很有趣。想多看一些，却不由自主地消散了，消散了，消散了。

十一

我是一枚炸弹。人们替我取个绰号，叫作“土制菠萝”。

我觉得这个名字比“炸弹”文雅得多。当人群因警方发射催泪弹而向横街疾步奔去时，有人将我放在那辆电车的前面。电车司机已受伤，被救护车载去别处。大街一下子静了下来。我的周围没有一个人，那队警察也离我约莫七八十码。我觉得孤独。那种凌乱的场面忽然缺少生命的动感，使我对这个世界益感困惑。刚才还是闹哄哄的，此刻只剩难忍的寂静。我不知道在等什么。不久，有一个军火专家穿着近似臃肿的衣服走来了。

十二

我是街灯。对于这天晚上的事，我看得很清楚。八点钟之前，一切都很正常；电车驶来驶去，人们沿着人行道走来走去。一切都很正常。八点敲过，有几百个人拿着刀子、炸弹、铁棍、石头、汽水瓶、削尖水喉铁、火油、木条等物从横街像潮水一般冲出来。这时候，警察队还没有开到，只有一个三划警目在向街边小贩提出警告。当人群开始捣毁吃角子老虎与交通灯与垃圾箱与邮筒时，十几个人疾步走去追赶三划警目。这三划警目是个小胖子，奔不快，急中生智，进入一辆没有司机的计程车的车厢，企图乘车离去。群众将计程车团团围住，用火油从车顶浇下。点上火。那三划警目拔出左轮，发射一枪，一名男子腿部受伤，人群散开。一辆电车驶来了，

人群用镪水掷向车厢。电车司机受了伤。警察大队分乘五辆警车瞬即开抵。警察们在街中心排成队形,群众向警察投掷石头与汽水瓶。站在最前面的那个警察,用扩音机劝告群众散去。群众不散,继续用石头、汽水瓶之类的东西向警察掷去。警方再一次用扩音机向邻近居民提出警告,要大家关上窗门。邻近立刻起了一片关门窗声。催泪弹爆发。人群散开。救护人员将受伤的电车司机抬入救护车。救护车响起尖锐的警铃声。紧张的情势渐告缓和,骚动似已平息;但是街中心还有一枚炸弹。警车里走出一个军火专家,将那枚炸弹爆了。炸弹爆开时,有不少弹片从我身旁飞过。我没有受伤。我看到骚动过后的凌乱与恐怖的宁静,恨不得将光芒收敛起来。约莫一小时过后,警队离去。人们又从屋内走出。就在渐次恢复正常的时候,一个人被另一个人用刀子刺死。

十三

我是一把刀。警队离去后,一个青年将我插在另一个青年的腰部。那被刺的青年跌倒在地,不久便停止呼吸。我在血液中沐浴。

十四

我是一具尸体。虽然腰部仍有鲜血流出,我已失去生命。我根本不知道将我刺死的人是谁,更不知道他为什么将我刺死。也许他是我的仇人。也许他认错人了。也许他想借此获得宣泄。也许他是一个精神病患者。总之,我已死了。我死得不明不白,一若蚂蚁在街边被人踩死。这是一个混乱的世界。这个世界的将来,会不会全部被没有生命的东西占领?

一九六八年二月二十二日,香港

链

一

陈可期是个很讲究衣着的人，皮鞋永远擦得亮晶晶的，仿佛玻璃下面贴着黑纸。当他走入天星码头时，左手提着公事包，右手拿一份日报，用牙齿咬着香烟。这是一九六七年十一月十八日上午，天色晴朗，蔚蓝的天空，像一块洗得干干净净的蓝绸。“真是好天气，”他想，“下午搭乘最后一班水翼船到澳门去，晚上赌狗；明天看赛车。”主意打定，翻开报纸。头条标题《英镑不会贬值》。他立刻想到一个问题：“英镑万一贬值，港币会有影响吗？”陈可期是个有点积蓄的人，关心许多问题。报纸说：昨日港九新界发现真假炸弹三十六枚。报纸说：秘鲁小姐加冕时流了美丽的眼泪。报纸说：月球可能有钻石。报纸说：食水增加咸味，对健康无碍。报纸说：无线电视明天开播。陈可期不自觉地笑了起来。因为是个胖子，发笑时，眼睛只剩一条缝。早在海运大厦举行电视展览会的时候,他已订购了一架罗兰士的彩色电视机。“明天晚上,从澳门赶回来,”他想,“可以在荧光幕上看到邵氏的彩色《杨贵妃》了。”生活就是这样的多彩多姿,一若万花筒里的图案。此时,渡轮靠岸,陈可期起座,走出跳板时,被人踩了一脚。那只擦得亮晶晶的皮鞋,变成破碎的镜子。偏过脸去一看,原来是一个穿着彩色迷你裙的年轻女人。这个女人姓朱,有个很长的外国名字:姬莉丝汀娜。

二

姬莉丝汀娜·朱在天星码头的行人隧道中行走时,一直在想着昨天晚上看过的电视节目。那个澳洲女丑给她的印象相当深:学玛莉莲·梦露,很像;唱“钻石是女人的好朋友”,也不错。最使姬莉丝汀娜感到兴趣的,却是女丑手腕上戴着的那只老英格兰大手表。“穿迷你裙的女人,就该戴这样的手表。”她想。她穿过马路,穿过太子行,疾步向连卡佛公司走去。在连卡佛门口,有个胡须刮得很干净的男人跟她打招呼。这个男人叫作欧阳展明。

三

欧阳展明大踏步走进写字楼时,板着扑克脸,两只眼睛

像一对探照灯,扫来扫去。他是这家商行的经理,刚从新加坡回来。前些日子,香港的局势很紧张。有钱人特别敏感,不能用应有的冷静去接受这突如其来的情势,像一群失林之鸟,只知道振翅乱飞。欧阳展明也是一个有钱人,唯恐动乱的情形不受控制,将一部分资金携往新加坡,打算在那个位于东西两方之间的钥匙城市另建事业基础。结果,遇到了一些事先未曾考虑到的困难。幸而香港的局势还没有失去控制,他就回来了。香港街头已不大出现石块与藤牌的搏斗,炸弹倒是常常发现的。不过,使欧阳展明担心的却是刚才听来的消息:英镑即将贬值了!尽管当天的报纸仍以"英镑不会贬值"做头条,欧阳展明得到的消息竟是"英镑可能在十二小时以内贬值"。对于欧阳展明,这是"金融的台风",既然正面吹袭,就得设法防备。商行的资金,冻结在银行里的,有二十万。他有办法使这二十万元不打折扣吗?正因为这样,脸上的表情很难看。当他走进经理室之前,大声对会计主任霍伟俭说:"你进来一下,有话跟你讲!"——从他嘴里说出来的话,每一个字都像弓弦上射出来的箭。

四

霍伟俭很瘦,眼睛无神无光,好像一个刚起床的病人。虽然是商行的会计主任,却没有读过经济学。他是一个非常自卑的人,总觉得别人比他强。别人笑,他也陪着笑;别人愁,他也皱紧眉头。别人说这样东西好,他也说这样东西好;别人说那样东西坏,他也说那样东西坏。他就是这样一个人。他走进经理室,欧阳展明要他到银行去一下。他匆匆走出商行。在银行门口遇见史杏佛。

五

史杏佛是个好经纪,也是一个坏青年。喜欢赌钱。喜欢喝酒。喜欢撒谎。喜欢玩女人。当他见到孕妇时,就会联想到交合。他与霍伟俭寒暄几句后,走去太子行与历山大厦兜了一个圈。一点半,走去"金宝"饮茶。在进入"金宝"之前买了一份西报,报上有两则新闻:(一)一个名叫尼哥尔斯的赛车选手在澳门赛车时受伤;(二)玛莲·德列治[①]有可能来港表演。史杏佛对尼哥尔斯的受伤毫不感到兴趣;不过,他很想看看六十三岁的性感老祖母究竟在脸上要搽多少脂粉。他在"金宝"与纱厂老板陶爱南打招呼。

---

① 玛莲·德列治(Marlene Dietrich ,1901 年 12 月 27 日—1992 年 5 月 6 日),德国演员兼歌手,20 世纪 20 年代在柏林出演戏剧及无声电影。她是双性恋者,是最早以男装登上大银幕的女艺人,在其近七十年的演艺生涯中持续自我革新,曾为全球收入最高的女演员之一。1999 年美国电影学会评选她为百年来最伟大女演员,排名第九。

六

陶爱南虽然也露了笑容，完全记不起这个跟他打招呼的人姓甚名谁。这一类的事情，他是常常遇到的。他不在乎。他用筷子夹了一块乳猪，往嘴里一塞，然后翻开那份夜报。香港有些夜报，与午报出报的时间差不多。那夜报的头条标题是:《本港金价突狂涨》。陶爱南心中暗忖:“英镑一定要贬值了。”正这样想时，几个孩子吵着要到对街皇后戏院去看《北侠神枪手》。陶爱南不大喜欢看打斗片，但也不愿使孩子们不高兴，当即吩咐伙计埋单，带着几个孩子去看电影了。看完电影随着人潮出来，还不知皮夹已被扒手偷去。

七

扒手名叫孔林，二十九岁，不务正业，西装穿得笔挺，专门浑水摸鱼。扒到陶爱南的皮夹后，穿过戏院，在德辅道中搭乘前往筲箕湾的电车。“今天晚上，可以到香港会球场去看溜冰团了。”他想。……电车驶抵湾仔，停了。电车摆长龙，据售票员从前边听来的消息，说是英京酒家附近有一枚炸弹。孔林不愿意坐在车厢里苦等，下车，穿过马路，向那个摆香烟摊的高佬李买一包“好彩”。

八

高佬李手里拿着一副四边被太多的手指摸得起了毛的扑克牌，正在与擦鞋童大头仔聊天。大头仔说："又要打风了。"高佬李猛烈咳呛，咳了半天，吐出一口浓痰，痰里有血丝，用鞋底一拖，以免大头仔看到。"发神经！"他放开嗓子说，"今天是十一月十八了，哪里还会打风？"大头仔扁扁嘴，走去报摊拿下一份《华侨晚报》第二版往高佬李面前一摊，用食指在报纸上点了两下。高佬李定睛一瞧，果然看到了这么八个字："飓风洁黛逼近本港"。这是报纸刊出的新闻，当然不会虚假；不过，为了掩饰心情上的狼狈，转过脸去问生果佬单眼鑫："你信不信，十一月打风？"

九

单眼鑫歪着头，将耳朵凑在那只原子粒收音机①边，聚精会神，收听"东南大战"的赛事广播。"南华今年添了龚华杰与黄文伟两员虎将，攻守力俱已增强；但是东方亦非弱者，MG 与泰仔要是演出正常，也有可能取胜。"他想。他是一个

① 原子粒收音机，是靠原子粒（晶体管）运作的无线电接收器（即收音机），在 20 世纪 60 年代很流行，专门用来收听电台广播

波迷，有大场波[1]，宁可不做生意。如果这场“东南大战”不在对海举行，他是一定要去看的。现在，只好收听电台广播了。就在黄志强攻门的时候，一个穿花布衫裤的少女走来买金山橙。这个少女名叫何彩珍。

十

何彩珍买了四只金山橙……

一九六七年十一月

① 大场波，指重大足球比赛。

吵　架

墙上有三枚钉。两枚钉上没有挂东西;一枚钉上挂着一个泥制的脸谱。那是闭着眼睛而脸孔搽得通红的关羽,一派凛然不可侵犯的神气,令人想起“过五关”“斩六将”的戏剧。另外两个脸谱则掉在地上,破碎的泥块,有红有黑,无法辨认是谁的脸谱子。

天花板上的吊灯,车轮形,轮上装着五盏小灯,两盏已破。

茶几上有一只破碎的玻璃杯。玻璃片与茶叶掺杂在一起。那是上好的龙井。

坐地灯倒在沙发上。灯的式样很古老,用红木雕成一条长龙。龙口系着四条红线,吊着六角形的灯罩。灯罩用纱绫扎成,纱绫上画着八仙过海。在插灯的横档上,垂着一条红色的流苏。这坐地灯虽已倾倒,依旧完整,灯罩内的灯泡没有破。

杯柜上面的那只花瓶已破碎。这是古瓷,不易多得的窑变。花瓶里的几枝剑兰,横七竖八散在杯柜上。杯柜是北欧

出品，八呎长，三呎高，两边有抽屉，中间是两扇玻璃门。这两扇玻璃门亦已破碎。玻璃碎片散了一地。阳光从窗外射入，照在地板上，使这些玻璃碎片闪闪如夏夜的萤火虫，熠呀耀的。玻璃碎片邻近有一只竹篮。这竹篮竟是孔雀形的，马来西亚的特产。竹篮旁边是一本八月十八日出版的《时代杂志》，封面是插在月球上的美国旗与旗子周围的许多脚印。这些脚印是太空人杭思朗[①]的。月球尘土，像沙。也许这些尘土根本就是沙。月球沙与地球沙有着显著的不同。不过，脚印却没有什么分别。就在这本《时代杂志》旁边，散着一份被撕碎的日报：深水埗发生凶杀案；精工表特约播映足球赛；小型巴士新例明起实施；利舞台公映《女性的秘密》；聘请女佣；梗房出租；"名人"棋赛第二局，高川压倒林海峰；观塘车祸；最后一次政府奖券两周后在大会堂音乐厅搅珠……撕碎的报纸堆中有一件衬衫，一件剪得稀烂的衬衫。这件稀烂的衣领有唇膏印。

餐桌上有一个没有玻璃的照相架。照相架里的照片已被取出。那是一张十二吋的双人照，撕成两边，一边是露齿而笑的男人，一边是露齿而笑的女人。

靠近餐桌的那堵墙上，装着两盏红木壁灯。与那盏坐地灯的式样十分相似：灯罩也是用纱绫扎成的，不过，图案不

---

① 杭思朗今通译阿姆斯特朗。

同，一盏壁灯的纱绫上画着《嫦娥奔月》，一盏壁灯的纱绫上画着《贵妃出浴》。画着《嫦娥奔月》的壁灯已损坏，显然是被热水壶摔坏的。热水壶破碎了，横在餐桌上，瓶口的软木塞在墙脚，壶内的水在破碎时大部已流出。壁灯周围的墙上，有水渍。墙是髹着枣红色的，与沙发套的颜色完全一样。有了一摊水渍后，很难看。

除了墙壁上的水渍，铺在餐桌的抽纱台布也湿了。这块抽纱台布依旧四平八稳铺在那里，与这个房间的那份凌乱那份不安的气氛，很不调和。

叮啷啷啷……

电话铃响了。没有人接听。这电话机没有生命。电话机纵然传过千言万语，依旧没有生命。在这个饭客厅里，它还能发出声响。它原是放在门边小几上的。那小几翻倒后，电话机也跌在地板上。电线没有断。听筒则搁在机上。

电视机依旧放在墙角，没有跌倒。破碎的荧光幕，使它失去原有的神奇。电视机上有一对日本小摆设。这小摆设是泥塑的，缺乏韧力，比玻璃还脆，着地就破碎不堪。电视机的脚架边，有一只日本的玩具钟。钟面是一只猫脸，钟摆滴答滴答摇动时，那一对圆圆的眼睛也会随着声音左右摆动。此刻钟摆已中止摇动，一对猫眼直直地“凝视”着那一列钢窗。这时候，从窗外射入的阳光更加乏力。

叮啷啷啷……

电话铃又响。这是象征生命的律动，闯入凝固似的宁静，一若太空人闯入阒寂的月球。

墙上挂着一幅油画。这是一幅根据照片描出来的油画。没有艺术性。像广告画一样，是媚俗的东西。画上的一男一女：男的头发梳得光溜溜，穿着新郎礼服；女的化了个浓妆，穿着新娘礼服，打扮得千娇百媚。与那张被撕成两片的照片一样，男的露齿而笑，女的也露齿而笑。这油画已被刀子割破。

刀子在地板上。

刀子的周围是一大堆麻将牌与一大堆筹码。麻将牌的颜色虽鲜艳，却是通常习见的那一种，胶质，六七十元一副。麻将牌是应该放在麻将台上的，放在地板上，使原极凌乱的场面更加凌乱。这些麻将牌，不论“中”“发”“白”或“东”“南”“西”“北”都曾教人狂喜过，也怨怼过。当它们放在麻将台上时，它们控制人们的情感，使人们变成它们的奴隶。但是现在，它们已失去应有的骄矜与傲岸，乱七八糟地散在地板上，像一堆垃圾。

饭客厅的家具、装饰与摆设是中西合璧而古今共存的。北欧制的沙发旁边，放一只纯东方色彩的红木坐地灯。捷克出品的水晶烟碟之外，却放一只古瓷的窑变。不和谐的配合，也许正是香港家庭的特征。有些香港家庭在客厅的墙上挂着钉在十字架上而呈露痛苦表情的耶稣像之外，竟会在同一层楼中放一个观音菩萨的神龛。在这个饭客厅里，这种矛盾虽不存在，强烈的对比还是有的。就在那一堆麻将牌旁边，是一轴被撕破了的山水。这幅山水，无款，有印，不落陈套，但纸色新鲜，不像真迹。与这幅山水相对的那堵墙上，挂着一幅米罗的复制品。这种复制品，花二三十块钱就可以买到。如果这画被刀子割破了，绝不会引起惋惜。它却没有被割破。两幅画，像古坟前的石头人似的相对着，也许是屋主人故意的安排。屋主人企图利用这种矛盾来制造一种特殊的气氛，显示香港人在东西文化的冲击中形成的情趣。

除了画，还有一只热带鱼缸与一只白瓷水盂。白瓷水盂栽着一株小盆松，原是放在杯柜上的，作为一种装饰，此刻则跌落在柚木地板上。盂已破，分成两边。小盆松则紧贴着墙脚线，距离破碎了的水盂，约五六呎。那只热带鱼缸的架子是铝质的，充满现代气息，与那只白瓷水盂放在同一个客厅里，极不调和，情形有点像穿元宝领的妇人与穿迷你裙的少女在同一个场合出现。

热带鱼缸原是放在另一只红木茶几上的。那茶几已跌倒，热带鱼缸像一个受伤的士兵，倾斜地靠着沙发前边的搁脚凳。缸架是铝质的，亮晶晶，虽然从茶几掉落在地上，也没有受到损坏。问题是，鱼缸已破，汤汤水水，流了一地。在那一块湿漉漉的地板上，七八条形状不同的热带鱼，有大有小，躺在那里，一动也不动。在死前，它们必然经过一番挣扎。

这饭客厅的凌乱，使原有的高贵与雅致全部消失，加上这几条失水之鱼，气氛益发凄楚。所有的东西都没有生命。那七八条热带鱼，有过生命而又失去，纵纵横横地躺在那里。

电话铃声第三次大作。这声音出现在这寂静的地方，具有浓厚的恐怖意味，有如一个跌落水中而不会游泳的女人，正在大声呼救。

与上次一样，这嘹亮的电话铃声，像大声呼救的女人得不到援救，沉入水中，复归宁静。

突然响起的电话铃声固然可怕，宁静则更具恐怖意味。宁静是沉重的，使这个敞开着窗子的房间有了窒息的感觉。一切都已失却重心，连梦也不敢闯入这杂乱而阴沉的现实。

那只长沙发上放着三只沙发垫。沙发垫的套子也是枣红色的，没有图案。除了这三只沙发垫之外，沙发上凌凌乱乱地堆着一些苹果、葡萄、香蕉、水晶梨。……有些葡萄显然是撞墙而烂的。就在长沙发后边的那堵墙上，葡萄汁的斑痕，紫色的，一条一条地往下淌，像血。

水果盘与烟碟一样，也是水晶的，捷克出品。因撞墙而碎，玻璃碎片溅向四处。长沙发上，玻璃片最多，与那些水果掺杂在一起。

长沙发前有一只长方形的茶几。

茶几上有一张字条，用朗臣打火机压着。字条上潦潦草草写着这样几句：

“我决定走了。你既已另外有了女人,就不必再找我了。阿妈的电话号码你是知道的,如果你要我到律师楼去签离婚书的话,随时打电话给我。电饭煲里有饭菜,只要开了掣,热一热,就可以吃的。”

一九六九年九月三日

一九八〇年八月二十三日改

除　夕

云很低，像肮脏的棉花团，淡淡的灰色，摆出待变的形态。然后，淡灰转成昏暗于不知不觉间。大雪将降。这样的天气是很冷的。他身上那件棉袍已穿了七八年，不可能给他太多的温暖。要不是在城里喝过几杯酒，就不能用倔强去遏止震颤。郊外缺乏除夕应有的热闹，疏落的爆竹声，使沉寂显得更加沉寂。这一带的小路多碎石。他无意将踢石当作游戏，却欲借此排除心头的沉闷郁结。几个月前，死神攫去他的儿子。他原是一个喜欢喝酒的人；现在喝得更多。就因为喝多了酒，在小路上行走时，摇摇摆摆，身体不能保持平衡。他仍在踢石。举腿踢空时，身子跌倒在地。他是一个气管多积痰而肥胖似猪的中年人，跌倒后，不想立即站起。有不知名的小虫，在草丛中啾啾觅食。他很好奇，冬天不大有这种事情的。然后见到一只咬尾的野狗，不断打转。这野狗受到自己的愚弄，居然得到乐趣。（多么愚蠢，他想。）他的理智尚未完全浸在酒里，神往在野狗的动作中，思想像一潭死水，偶有枯叶掉落，也会漾开波纹。他眼前的景物出现蓦然的转变，荒郊变成梦境：亭台楼阁间有绣花鞋的轻盈。上房传出老人的打嚏。游廊仍有熟悉的笑声。黑猫在屋脊上咪咪叫。风吹花草，清香扑鼻。院径上铺满被风吹落的花瓣。几只蝴蝶在假山花丛间飞来飞去。荷花池里，大金鱼在水藻中忽隐忽现。他甚至听到鹦鹉在唤叫他的名字了。（不应该喝得那么多，他想。）难道走进了梦境？他常常企图将梦当作一种工具，捉拿失去的欢乐。纵目尽是现实，这现实并不属于现在。他是回忆的奴隶，常常做梦，以为多少可以获得一些安慰，其实并无好处。说起来，倒是相当矛盾的，在只能吃粥的日子，居然将酒当作不可或缺的享受。

紧闭眼睛，想给梦与现实划分一个界限。

再一次睁开眼来，依旧是亭台楼阁。依旧是雕梁画栋。依旧是树木山石。依旧是游廊幽篁。他甚至见到那对石狮子了。耳畔忽闻隐隐的钟声，这钟声不知来自何处。他见到两扇朱漆大门在轧轧声中启开，门内走出一个少年。（奇怪，这少年很面熟，好像在什么地方见过似的，他想。）正这样想时，那少年对他凝视一阵。看样子，少年也觉得他有点面熟了。这件事使他感到困惑。当他感到困惑时就会习惯地用手搔搔后脑勺。思想像一只胡桃，必须费力将它敲开才能找到问题的答案。那个少年，原来就是他自己。

面前的景物又有了突然的转换，情形有点像翻阅画册。草丛中仍有虫声。那野狗仍在咬尾。远处响起两声爆竹。

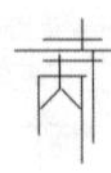

他眨眨眼睛，用手掌压在地面，将身子支撑起来。天色虽黑，还不至于伸手不见五指。自从搬来郊外居住后，他常于夜间回家，未必想考验自己的胆量，倒是希望有一天会见到鬼。

他常常渴望时光倒流，走进过去的岁月，做一个年轻人，在亭台楼阁间咀嚼繁华，享受热闹，将人世当作游乐场，在一群美丽的女人中肆无忌惮地笑；肆无忌惮地挥舞衣袖；肆无忌惮地讲述绮梦的内容；肆无忌惮地咒骂；肆无忌惮地喊叫……

风势转劲，吹在脸上，宛如小刀子。脑子仍未完全清醒，继续沿着小路朝前走去，只是不再踢石子了。四周黑沉沉的，使他看不清小路上的石子。远山有几间茅屋。点点灯火，倒也消除了一些荒芜感。那几间茅屋当然有人居住。凡是有人居住的地方，到了除夕，总会燃放爆竹。点燃爆竹不一定是儿童们的事。住在郊区的人，只有儿童才会浪费小钱去增添除夕的气氛。这一带的爆竹声疏落，是必然的。没有爆竹声的时候，空气仿佛凝结了。在黑暗中行走，一点也不害怕，因此进入另一个境界。"喂，你回来啦？"突如其来的问话，使他吃惊。睁大眼睛，虽在黑暗中也见到一棵树。树已枯，幽灵似的站在那里。没有枯叶的树枝在风中摇晃，极像长有几十条手臂的妖怪。然后他听到微弱的叮当声，有个女人从树背走出。这个女人的脸孔是鹅蛋形的，一对隐藏深情的眼睛，白皙的皮肤，美得使他想起天仙，因此丝毫没有恐惧。其实，在黑夜的荒郊见到女鬼，是人们深信不疑的事。当他仔细打量对方时，只觉得女人身上的衣服十分单薄。“你应该穿多些。”他说。女人咳嗽了。她是常常咳嗽的。

她走在前边。他在后边跟随。

“这些年来，你在外边怎样过日子？”语调低沉。这就使他更加好奇。然后听到微弱的叮当声，自己已处身于一个大庭园中。她走在前边。他在后边跟随。那些东西都是熟悉的：白石甬路边的花草树木、火盆里发散出来的香味、游廊里挂着的鸟笼与笼中的画眉，以及玻璃彩穗灯都是他熟悉的。他一向喜欢这地方：辉煌的灯烛照得所有的陈设更具豪华感，连门神对联都已换上新的了。这是三十晚上。小厮们早已将上屋打扫干净后悬挂祖宗的遗像。鹦鹉在叫；丫头在灯下闲看蚂蚁搬家。当他与那个女人穿过甬路时，一只黄狗走来嗅他了。单凭这一点，他知道他并不是这里的生客。这里，路灯高照。这里，香烟缭绕。有人掷骰子。有人放爆竹。到处弥漫着除夕独有的气氛。这种气氛，具有振奋作用，像酒。人们显已喝过酒了，每个人的脸颊都是红通通的。然后走过那座小木桥，一眼就望见几点山石间的花草。有清香从窗内透出，窗槛边有一只插着蜡梅的花瓶。那女人掀起垂地的竹帘，让他走进去。坐定，照例有丫鬟端龙井来。

“依旧住在这里？”

“依旧住在这里。”

“身体好些?”

“还是老样子。”

“应该多休息,多吃些补品。”

“不会有什么用处。”

“闲来还写诗?”

“过去的事,不必再提。你怎么样? 这些年来,在外边怎样过日子?”

“一直在卖画。”

“将画卖给别人?”

“人在连吃饭都成问题的时候,就要将画卖给别人。”

“我很喜欢你的画。”

“我知道。”

“你从来没有送过一幅给我。”

“我会送一幅给你的。”

“在那幅画中,你将画些什么?”

“暂时不告诉你。”

泪水不由自主掉落,她低着头,用手绢轻印泪眼。这是除夕,不应该落泪。她却流泪了。女人不论在悲哀或喜悦的时候,总是这样的。

一个突然的思念使他打了一个寒噤。(我已老了,她怎么还是这样年轻? 他想。)不知道什么地方吹来一阵风,窗外的花草在摇曳。他没有注意到这一点,因为他正在寻找失去的快乐与哀愁。另一阵狂风,将屋里的烛光全部吹熄。来自黑暗的,复归黑暗。眼前的一切消失于瞬息间,连说一声“再见”的时间也没有。四周黑沉沉。依旧是除夕,两种不同的心情。

落雨了,当他跌跌撞撞朝前行走时。雨点细小似粉末,风势却强劲。衣角被劲风卷起卷落,扑扑扑、扑扑扑地响着。又打了一个寒噤,将手相拢在袖管里。痉挛性的北风,摇撼树枝梢头,发出的声音,近似饮泣。他继续朝前走去,甚至连雨点已凝结成雪羽也没有发觉。虽然四周黑沉沉的,树根石边有了积雪,依旧看得出来。这里一堆,那里一堆,仿佛洒了面粉似的。积雪并非发光体,在黑暗中居然也会灼烁。气温骤降,不能不快步行走。他应该早些赶回家去。他的妻子正在等他吃年夜饭。(年夜饭?恐怕连粥也是稀薄的。)蓦地刮起一阵狂风,雪羽泼洒在他的脸上。他必须睁大眼睛仔细看看。狂风卷起的雪羽,在黑沉沉的空间飘呀舞的,看起来,像极满屋子的鹅毛在风中打旋。他从小喜欢落雪的日子。现在,这到处飞舞的雪片变成一群白色的小鬼了。小鬼包围着他,形成可怕的威胁。雪片越落越紧,越落越密。

积雪带泥的小路,转为稀松,鞋底压在上面,会发出微弱的吱吱声。袜子湿了,冷冰冰的感觉使他浑身鸡皮疙瘩尽起。他自言自语:“不会迷失路途吧。”随即听到一个女人的声音:“我在这里!”用眼一扫,只见漫天雪片。不过,他辨得

出讲这句话的人是谁。十六七岁年纪,大大的眼睛。她曾经是大庭园里的一个丫鬟,糊里糊涂失去了清白,还以为这是一件值得骄傲的事。这些年来,他倒是常常想到她的。

前面忽然出现灯光。

这灯光从木窗的罅隙间射出来。(在黑暗中,一盏昏黄不明的油灯也能控制一切,他想。)雪仍在劲风中飘落,使他不得不用左手拍去右肩的雪片,然后用右手拍去左肩的雪片。醉意未消,仍能记得他的妻子此刻正坐在油灯旁边等他回去吃饭。他见到了那条小溪,溪中的几块垫脚石是他亲手放的。如果是别人,在雪夜踏过垫脚石,即使不喝酒,也会跌倒。他没有。

"我回来啦!"他嚷。木门启开。他的妻子疾步走出来,屋里的灯光,在风中震颤不已。自从孩子死去后,这个女人就不再发笑。当她搀扶丈夫通过树枝编成的栅门时,不说一句话。进入屋里,使劲将风雪关在门外,舒口气,双瞳依旧是呆定的。她脸上的表情一直好像在哭,只是泪水总不掉落来。"这是除夕,我为你煮了一锅饭。"语调是如此之低,显示她的健康情形正在迅速衰退。

火盆里烧的是潮湿的树枝,青色的烟霭弥漫在这狭小的茅屋里,熏得他猛烈咳呛,脖颈有血管凸起。

北风压木窗,阁阁阁,阁阁阁,仿佛有人冒雪而来,蜷曲手指轻敲窗板。

炉灰被门缝中挤进来的北风吹起。那半明不灭的油盏，阴沉沉的，使泥墙涂了一层阴惨的淡黄。泥墙很薄，令人获得一种感觉：用力打一拳，就会出现一个洞。可是在这些薄薄的泥墙上，居然挂着几副屏条与对联。都是他自己的手迹，并非用作装饰，而是随时准备拿进城去换钱的——当他想喝酒的时候。

油灯的光芒，虽微弱，却跳跃不已，投在墙上的物影，有如一群幽灵。当他的视线落在这些物影上时，回忆使他得到难忍的痛苦。想起豪华门庭的笑声与喧哗，有点怫郁，咽了几口唾沫，始终无法压下烦躁。痛苦的回忆像一件未拧干的湿衣紧裹着他，难受得很。平时，回到家里，总会对他的妻子唠唠叨叨讲述城里遇到的人与事。今晚，连讲话的心情也没有。坐在床沿，怔怔望着那些震颤似幽灵的影子，被过去的欢乐缠绕得心乱，只想呐喊。他的性情一向温和，常常以此自傲，偶尔也会失去理性的控制，多数因为想起了往事。

大声呐喊在他既无必要，叹口气多少也可排除内心的郁闷。不提往事，反而帮助了痛苦的成长。这些日子，借钱买酒的次数已增多。避居郊外也不能摆脱世事的牵缠。那无时无刻不在冀求的东西，使他困惑。有时候，喝了点酒，才知道自己正在努力抢回失去的快乐。“吃吧。”声音来自右方，转过脸去观看，他的妻子没精打采地坐在那只粗糙的小方桌边，低着头，像倦极欲睡的猫。

桌面上的几碗饭菜有热气冒升。这是年夜饭。坐在桌边,他想起了去年的除夕。(去年的除夕也落雪,他想。去年的除夕,也吃了一顿热气腾腾的饭。去年的除夕,孩子还没有死。)他将刚拿起的筷子又放下。叹口气,走去躺在床上。他的妻子望着他。

火盆里有一条潮湿的树枝,发散太多的青烟。他咳了。咳得最厉害时,喉咙发出沙嗄的声音。他的妻子将潮湿的树枝抽去,这间茅屋才被宁静占领。宁静。落针可闻。雪落在屋顶上,原不会发出什么声音。此刻,他却听到了沙沙的雪声。这地方的宁静,有时候就是这样的可怕。(那种结局太悲惨,他想。)每一次想到那结局时,心烦意乱。(那种结局太悲惨。)他的手,下意识地捏揉着那条长长的辫子。那辫子,像绳索般缠绕着他的脖颈。他想到死亡。当他想到死亡时,连青山不改的说法也失去可靠性。骤然间,生命似已离他而去。这种感觉不易找到解释;不过,每一次产生这种感觉,心中的愁闷就会减去不少。他渴望再喝几杯酒,让酒液加浓朦胧恍惚的意识。忽闻一声叹息,神志恢复清醒,不管怎样装作没有听见,心境依旧沉重。他不敢多看妻子一眼。这个可怜的女人早已懂得怎样接受命运的安排;从不埋怨;终究瘦了。她的脸色是如此的难看,显示她不再是一个健康的人。

“不能有这样的结局!”

声音有如刀子划破沉寂,使这个痛苦的女人吓了一跳。

她没有开口询问,虽然她不知道他为什么要说这句话。

一滴雪水从上边掉落在他的额上。额角的皱纹很浅,因为他是一个胖子。那雪水留在额角,冷冷的,使他又打了一个寒噤。翻身下床,有意无意用眼搜索,墙角有一只死老鼠。这地方,可以吃的东西实在太少。

“不能有这样的结局!”他说。

木架上有一叠文稿。抽出底下的一部分,投入火盆,熊熊的火舌乱舐空间。他烤手取暖。他将思想烧掉。他将感情烧掉。他将眼泪烧掉。他将哀愁烧掉。他笑。这笑容并不代表欢乐。他的妻子将文稿从他手中夺过去;他将文稿从妻子手中夺过来。“为什么?”她问。他将她推倒在地。这个题材只有在他笔底下才能获得生命。现在,他将这个生命杀戮了。“不能有这样的结局!”他笑。但笑声不能阻止北风的来侵。门与窗再一次阁阁阁、阁阁阁地响起来。这是除夕,久久听不到一声爆竹。当他停止发笑时,乜斜着眼珠子对刚从地上爬起来的妻子望了一下。她很瘦,眼睛无神,好像刚起床的病人。从她的眼睛里,他见到自己。他不认识自己。觉得冷,渴望喝杯酒。有了这样的想念,再也不能保持心境的平和。虽然没有充分的理由,也想骂她几句。这些日子,当他情绪恶劣时,就会将她视作出气筒,将所有的痛苦与愤怒宣泄在她的身上。她能够忍受这样的委屈,只是不肯流泪。她忘记怎样流泪,也忘记怎样发笑。当她将饭菜端到后

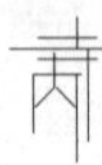

边去时，只不过叹了一口气，声音微弱，好像树上的枯叶被北风吹落在地上。（明天是元旦，他想。明天没有人买画。）纵目观看，没有一点新的东西。他们的窗子是木板的，无须糊裱。但是，不贴春联，不悬门神，就不像过年。他的视线落在那只死老鼠身上。那只死老鼠忽然像墨汁浸在清水中，溶化了。（奇怪，这几天老是觉得头昏脑涨，不知道什么缘故。）用手指擦亮眼睛，意识清醒了。他手里仍有一叠文稿，一页继一页投入火盆，看火舌怎样跳舞。那不幸的结局被火焚去时，他产生释然的感觉。（没有糖瓜水果，没有糕点水饺，都不成问题。没有酒喝，就完全不是这个味道了。应该设法弄些酒来。）继续将文稿一页又一页投入火盆，盆火映得他的面孔通红。当他失去耐心时，他将剩下的文稿全都投入盆内。起先，火盆仿佛被这过重的负担压熄了，没有火焰，只有青烟往上升。稍过些时，刺鼻的青烟转变为滚滚的浓烟，虽浓，却常常被熊熊的火焰划破。火焰企图突破浓烟的重围，火与烟进入交战状态。他的妻子一边咳一边疾步走出来，火焰占了上风，像螺旋般地往上卷，往上卷，往上卷……他笑了。他的妻子用手掌掩在嘴前，咳得连气也透不转。浓烟消散。火焰像一朵盛开的花。他纵声大笑。火焰逐渐转小，像不敢穷追的胜利者带着骄傲撤退。黑色的灰烬到处飞舞。他的妻子不清不楚讲了两句。他在狂笑。眼前突然出现一阵昏黑，什么东西都不存在了。“醒醒！醒醒！”——当他苏醒时，尖锐的唤声有点刺耳。(这是怎么一回事？在城里的时候只喝了几杯酒,绝对不会醉成这样子。)他的妻子对他说:"你一定饿了,我去将饭菜烧热。"他摇摇头,说是不想吃饭,只想喝酒。又有一滴雪水掉落在他的脸上。(明天是元旦。明天没有人买画。今晚城里可热闹了,兜喜神方的人并不是个个避债的。)望望泥壁上挂着的屏条与对联,不自觉地叹口气。(这些字画都卖不出去。想赚钱,还得赶几幅。)翻身下床,使他的妻子更加担忧。"你不舒服,应该多休息。"她说。但作画的兴趣已激起。"我还要进城。""什么时候?""今晚。""外边在落雪。""这是没有办法的事。""黑夜进城很危险,绊跌在地,有可能会受伤。再说,你刚才已晕厥过一次,万一在雪地晕倒,一定会冻死!"他倔强地将白纸铺在桌面,拿起画笔。(明天是元旦。明天没有人买画。)将郁结表达在白纸上,每一笔代表一个新希望。对于他,画就是酒。当他作画时依稀见到许多酒壶与酒杯。然后他的视线模糊了,一些好像见过的东西,忽然乱得一团糟。摇摇头。那些乱七八糟的思念蓦地消失,一若山风吹散浓雾。他笑了。用笔蘸了墨,将他的感情写在白纸上。然后他的视线又模糊了。这一次,有如向空间寻找什么,结果什么也没有找到。他固执地要实现一个愿望,必须保持理智清醒。当他画成那幅画时,仿佛有人在他背上推了一下。手臂往桌面一压,半边脸孔枕在手臂下。他是一个胖子,血压太高。在追寻存在的价值时,跌入永恒。

他已离开人世,像倦鸟悄然飞入树林。他的妻子从后边走出来,以为他睡着了。望望画纸,原来画的是一块石头,没有题诗,未盖图章,左侧下端署着三个字:曹雪芹。

一九六九年十二月二十八日写成

一九八〇年八月十九日修改

赫尔滋夫妇

新加坡发生暴动那年,我住在惹兰勿刹的N旅店。

这是一家古老的旅店,楼高四层,二楼与三楼是旅店,用板壁分成十几个房间;四楼则是某业的俱乐部。俱乐部与旅店并不属于同一个机构。旅店的住客不能随便走上四楼的俱乐部去;俱乐部的会员也不会随便走到旅店来。

旅店的设备不但简陋,而且陈旧。每个房间都有一个吊在天花板的电风扇。风扇年代已久,转动时,会发出卜洛卜洛的声音,听起来,像一锅放在熊熊柴火上的清水因沸腾而溅起泡沫。

由于所有的房间都用板壁间隔,不必要的纠纷常常发生。单身男子抵受不了某种声音的引诱,半夜趴在板壁上偷窥邻房的动静而被人打得头破血流的事,每个月总有一两次。

N旅店的设备既然如此简陋,营业当然不会合乎理想。不过,它已开设了几十年,始终没有因亏蚀而关闭。战后,新加坡日趋繁荣,现代化的旅店不少,像阿达菲酒店,像东海酒

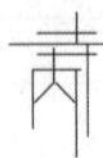

店，像大使酒店，像国泰酒店，像白沙酒店……都是第一流的酒店。照说，时代已不同，N旅店这样的古老旅店早该淘汰了；它却没有被淘汰。我是N旅店的长期住客，对于这个问题，当然比别人容易找到解答。依我看来，它的存在有两个理由：（一）有些在歌台做工的艺人，生活极富流动性，从联邦来到星洲，或者从星洲前往联邦，少不免总要住几天旅店。大旅店租金贵，不是一般歌台艺人所能负担；小旅店太脏太杂，也不相宜。只有N旅店，不大不小，而且邻近游艺场，正是歌台艺人最理想的寄宿处。（二）N旅店与别的旅店不同，它欢迎长期住客。贪图茶水以及其他方便的单身汉或小家庭，都可以在这里长住。旅店方面对长期住客特别优待，大房每月房租叻币五十至六十不等，小房每月房租仅叻币[①]三十至四十。

那时候，我在一家报馆工作，经常于深夜或凌晨回家，向别人租一个房间，很不方便，也不受欢迎。当地的同事们知道我是“新客”，就介绍我到N旅店去长住。在旅店做长期住客，起先多少有点不习惯，因为旅店是为旅客而设的，旅客应该像走马灯上的纸人那样，去了又来，来了又去。不过，日

① 叻币（英语Straits Dollar）是马来西亚、新加坡与文莱在英殖民地时期，由殖民地政府发行的货币。华人俗称“叻币”。1939年，英殖民政府发行新货币马来亚元（Malayan Dollar）取代它，但新、马华人有时仍沿用“叻币”指称当地货币。

子一久,习惯成自然,倒也不觉得什么了。

N旅店的长期住客不算多,二楼有七八个,三楼也有七八个。我住在三楼,对于二楼的情形,并不清楚。

三楼的长期住客中,有一位是从外地来的体育教员。此人在一所中学教体育,独身单口,与我是同乡,谈得最为投机。至于其他住客虽然每天见面,却无来往。

在所有的长期住客中,最受我注意的,是一对外籍夫妇。我不知道他们是哪一国人;也不知道那男的干什么营生。见面,有时点一下头,有时假装不见。

这一对外籍夫妇的外形很有趣,男的既瘦且长,像竹竿;女的既矮且胖,像木桶。当他们站在一起时,我常会产生一种感觉:他们在互相讽刺。

我刚搬去N旅店居住的时候,旅店的伙计就告诉我:这一对外籍夫妇已经欠了两三个月房租,常常吵架。

他们确是常常吵架的。有时候,当我从报馆做完工作回到旅店,别人睡得正酣,他们就吵起来了。两人的嗓音都提得很高,有如鸡啼一般,各不相让。没有人知道他们在吵些什么,也没有人知道他们讲的是哪一国的语言。不过,从他们的生活情况看来,争吵的原因,多数与贫穷有关。

说他们贫穷,大概不会错。第一,N旅店的账房先生经常上来向他们追讨积欠的房租;第二,新加坡地处热带,衣着比较随便,他们却连干净的衣服也没有;第三,他们经常不吃

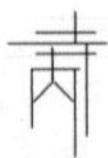

早餐，中午与晚上，总是由男的从外边带一只长面包回来，和以滚水，分而食之。

凡是N旅店的长期住客都不愿与这对外籍夫妇打交道，见到他们时，总会投以鄙视不屑的目光。

我与这位外籍瘦子第一次交谈，是在一九五六年十月二十六日晚上。我能够清楚记得这个日期，因为这是新加坡发生大暴动的日子。这一天，上午十点一刻，直洛亚逸街福建会馆，前边，突然发生了暴乱事件，几个市民纷纷用木凳和石子袭击警察，情况混乱，警察不得不发射催泪弹。到了十一点左右，吉宁街有一个十二岁的华籍孩子被催泪弹击中，急召救伤车送院治疗，因为伤在要害，不治毙命。下午一点，一辆停在吉宁街附近的广告车被人纵火焚烧。不久，老巴刹的电油站也燃烧了。半小时过后，群众出现在吉宁街，用木棍石子作武器，与警察搏斗。警察开枪，群众散去。下午三点左右，牛车水一带情形更是混乱。暴乱情形如同野火一般，一下子燃遍整个狮城。警方利用直升机低飞，向各街道的群众投掷催泪弹。此时，巴爷礼峇新飞机场也发生暴乱了。

暴乱最激烈的时候，我在惹兰勿刹一家理发店理发。刚修过面，就听到“丽的呼声”播出警方的宣布：

“……从今天下午六时半起，至明晨六时半止，全岛实施戒严。各色人等，在戒严期间必须留在户内，不准违令外出。否则，被警方逮捕后，可能被控，并判处三年徒刑；或无限额罚款;或两者兼施。任何人在戒严期间犯有纵火或掠劫之罪行时,可能被开枪射击。……”

听了这广播,催请理发师赶紧替我洗头吹风,然后走去邻近士多买了一些罐头食品,捧回旅店。

这天晚上,当然不到报馆去做工了。夜色未合,新加坡已变成死市。吃晚饭的时候,我以罐头食品充饥。就在这时候,那个外籍瘦子走来了。他用英语做了自我介绍:

“晚安,我叫赫尔滋。”

我也顺着他的语气做了类似的自我介绍:“晚安,赫尔滋先生,请坐。我姓刘。”

他坐下了,脸上呈露抑郁的表情,眼睛里满是疑虑与失望,显示他的内心已陷于极大的困扰。他似乎很疲倦,精神萎靡,脸色苍白,白得像抹过粉似的。

“这是一件非常可怕的事,”他的声调很低,有点发抖,“单是学生集中开会,还不能算是十分严重的事;现在,事情变了质,可能变成种族抵牾!”

其实,所谓“种族抵牾”,未免言之过早。赫尔滋是白种人,最怕这种可能性的形成。

“现在,当局已采取断然的措施,”我说,“相信此次骚动事件,不久就会平息。”

对于我的看法,赫尔滋既不表示同意,也不提出相反的意见。他只是低着头,仿佛一朵枯萎了的蒲公英。经过一番噤默后，期期艾艾说出这么几句：

“我……我听到戒严的广播后，匆匆赶……赶回来，什……什么东西也没有买。现……现在戒严了，不……不能出街。不知道你……你有余剩的食物吗？”

辨出他的来意后，立刻拿了两罐罐头食品给他。他将罐头食品接了过去，感动得流了眼泪。当他走出房门之前，他一边用衣袖拭干泪眼，一边做了这样的诺言：

“明天紧急戒严解除后，我一定到外边去买两罐罐头食品还给你。”

我笑笑。他疾步回入自己的房间。

第二天，赫尔滋一早就出街。我走去报馆看看。在报馆里，我听到两个消息：（一）警察当局于凌晨时分逮捕了几百个人；（二）当局的戒严令将于下午四时开始生效。

下午三点，我从报馆回到N旅店，看见赫尔滋垂头丧气地坐在会客厅的藤椅上。当他见到我时，他邀我坐下。他对于种族抵牾仍有过分的忧虑，唠唠叨叨讲了一大堆，只是没有提到那两罐罐头食品的事。他的英语讲得很流利，但咬字不准。我断定他不是英国人，也不是美国人。当我称赞他的英语讲得流利时，他脸上立刻浮起自得的笑意。他说他除了英国话外，还会讲法国话、德国话、西班牙话与俄国话。

“你是一个人才。”我说。

他叹口气。

我询问他的国籍,他迟疑片刻,说是黎巴嫩人。这种不必要的迟疑,证明他在撒谎。关于这一点,我倒有点困惑不解了。赫尔滋故意隐瞒他的国籍,应该有个解释。

谈到他的职业,他说他曾经在飞机场做过翻译员。这"曾经"两个字,意味着一件事:他目前并无职业。我相信我的猜测不会错,赫尔滋的自尊与傲慢还没有因为贫穷而消除。

由于实施戒严令的关系,闲着无聊,我们曾经做过一次长谈。在谈话中,我发现赫尔滋是一个喜欢回忆的人。他说他曾经在开罗开过小店。他说他曾经在旧金山一家大公司做过联络员。他说他曾经在马德里做过小贩。他说他曾经在柏林一家旅行社里做过秘书。他说他曾经在中东一个小国家做过政府官员。总之,赫尔滋是一个喜欢陶醉在过去而又必须用"过去的光荣"维持自尊与傲慢的人。过去的种种,对赫尔滋来说,等于燃料,经常在替他制造生命的推动力。他的苍白的脸色,说明他不是一个健康的人,但是他的生命力仍强,并未因贫穷而失去挣扎的勇气。

我们谈得起劲时,"丽的呼声"又播出当局的决定,说是自即日起实施全日戒严,除上午八时至十时内,市民可以出外购物,其余时间必须留在户内。至于何时解除戒严令,当视情势而定,另行公告。

赫尔滋的脸色更加苍白了,一点血色也没有。我正欲提

出问话，他却霍地站起，疾步走入自己的房间。这天晚上，N旅店的房客多数很早就上床，我也不是例外。午夜过后，我被杂乱的吵架声惊醒。吵架声来自赫尔滋房内，声音嘹亮，只是不知道他们在吵些什么。

第二天上午八时，我走出 N 旅店前往报馆时，在街角遇到赫尔滋。

“早安，赫尔滋先生，到巴刹去买东西？”我问。

他露了一个似笑非笑的表情，然后用低沉的语调反问：

“你去买东西？”

“我到报馆去看看。”

“十点以前必须回旅店。”

“我知道。”

一辆计程车疾驰而来，我挥手截停。抵达报馆，才知道情况仍极严重。梧槽律、阿拉伯街、惹兰苏丹、文达街等处依旧有小规模的骚乱。我当即赶去莱佛士坊，在一家士多买了一些罐头食物，搭车回去。

中午，赫尔滋先生与他的太太又吵架了。吵了一阵，只剩下赫尔滋太太的饮泣声。晚上，那位肥胖的太太忽然像一匹脱羁的马似的，从房内奔出，快步走下楼去。毫无疑问，她已暂时失去理性。这是宵禁期间，任何人出现在街头，必遭警方逮捕。我见到这种情形，忙不迭追下去，在旅店门口一把将她拉住，用英语对她说：

“不能走出去。”

她歇斯底里地大声呐喊:

“我饿!我要吃东西!”

“你上楼去,我拿些东西给你吃。”

她的理性迅即恢复,被赫尔滋拉了上去。我又拿了两罐罐头食物给他们,赫尔滋红着眼圈对我说:“不知应该怎样感谢你才好。”

我笑笑,走去电话机边,打了一个电话给报馆。据报馆的同事说:情况依旧严重,宵禁可能还要继续几天。搁断电话后,我立刻想起了赫尔滋夫妇。要是宵禁继续实施的话,这一对贫穷的夫妇必将遭遇更多的困难。

这天晚上,我在会客厅休息的时候,赫尔滋又走来跟我聊天。他承认他是犹太人。

宵禁又继续了五天。在这五天中,赫尔滋夫妇不知道吵过多少次。赫尔滋太太在宵禁解除的前夕突然晕厥。大家以为她患了急病,由旅店账房打电话急召救伤车送去中央医院救治。第二天早晨,宵禁解除,赫尔滋从医院走回来,我在电梯口见到他。

“情形怎么样?”我问。

“好得多了。”

“患的是什么病?”

“没有什么,只是饿昏了。”

我取出烟盒，递一支烟给他。我说：

“你必须找一份工作。”

赫尔滋目无所视地望着前面，仿佛完全没有听到我讲的话，沉默片刻，说出这么一句：

“我是犹太人！”

这样的答复，使我百思不解。我不明白：一个赫尔滋这样的犹太人怎会连一份最低贱的工作也找不到。记得暴动刚发生的时候，赫尔滋曾经对“种族抵牾”有过很大的忧虑。

宵禁解除后，他还是像过去那样：一清早出街，中午时分带一只长面包回来。每一次带长面包回来时，总是用一张旧报纸紧紧包裹着，蹑足而过，仿佛那面包是用不名誉的手段弄来的。其实，我对他的心情倒是相当了解的。一个自尊心尚未完全消失的人，天天吃长面包，总不是一件体面的事。

不能顾到体面的事，越来越多。除了夫妻吵架外，旅店的账房先生也在加紧向他追讨房租了。赫尔滋连一日三餐都成问题，哪里还有能力缴付积欠的房租？我断定：赫尔滋是迟早要被旅店当局赶出去的。

关于这一点，赫尔滋太太也知道。因此，在一个大雷雨的晚上，赫尔滋夫妇又吵了起来。这一次赫尔兹太太发了很大的脾气，将茶壶茶杯之类的东西摔碎后，犹如一支飞箭般从门内冲出，一边哭，一边嚷，脚步搬得很快。使我感到困惑的是：赫尔滋太太离去时，赫尔滋并不追赶。

第二天早晨,在会客厅见到赫尔滋,发现他的眼睛布满红瘀血丝。

“你的太太走了?”我问。

“是的,她走了。”赫尔滋答。

“为什么不将她追回来?”

赫尔滋叹口气,答话时,声调微抖:

“她迟早要离开我的。”

对于赫尔滋的际遇,我相当同情;但是除了送些罐头食物给他充饥外,不能给他更多的帮助。

赫尔滋太太出走后,不到半个月,赫尔滋本人因为积欠房租太多,被旅店当局赶了出去。赫尔滋离开旅店时,我在报馆做工。我回到旅店,从伙计的嘴里获悉这件事。我不知道赫尔滋到什么地方去了,也不知道他在做什么。不过,每一次经过他曾经住过的房间时,心里不免有点惆怅。这天晚上,我做了一个梦,梦见赫尔滋睡在康乐亭旁边的石凳上。醒来,脑子里听到的第一个思念便是:赫尔滋的问题,不是单纯的居住问题。

我最后一次见到赫尔滋,是非常偶然的。那一天,我从报馆出来,走去“红灯码头”的邮政总局寄信。信寄出后,需要一些日用品,走去莱佛士坊的罗便臣百货公司选购。

莱佛士坊是银行区,也是新加坡的心脏地带。凡是外地来的游客,想采购货物,莱佛士坊必然是第一站。正因为这

样，白昼的莱佛士坊总是熙熙攘攘地挤满行人。

当我买好日用品走出罗便臣公司时，后边忽然有人用英语对我说：

“先生，请你可怜可怜我！我已经两天没有吃东西了！”

回头一看，竟然是赫尔滋。

他瘦了，比在N旅店时更瘦，两眼深陷，颧骨高耸。

“还没有找到工作？”我问。

他想答话，却没有发出声音。我掏出一张十元的钞票塞在他手里，他的眼眶里有晶莹的泪水涌出。他用泪眼向我呆望片刻，费了很大的劲，说出一句“谢谢你”，掉转身，仿佛一只受惊的兔子，疾步窜入人群，瞬即不见。

从此，我再也没有见到赫尔滋了。有时候，午夜梦回，因为听不到这对贫贱夫妻的吵架声，反而觉得宁静，有点可怕。

有一天晚上，我到“新世界”邻近的麻将馆去打牌，赢了钱，几个在歌台做工的朋友要我请他们到三龙街去吃消夜。在这些朋友中间，有一个常在烟格赌档出入的驼子忽然提议到一家下等客栈去看“隔壁戏”。大家的兴致都很高，就谈呀笑地走去寻找刺激。

那是一家下等客栈，肮脏，黝黯，说是客栈，其实是妓寮。当伙计明白我们的意思后，立刻带我们走进一个没有灯的房间。这个房间的墙壁上有很多小洞，将眼睛凑在小洞上，可以看到精彩的“隔壁戏”。当我将眼睛凑在小洞上时，我的心就扑通扑通乱跳起来了。那个在邻房出卖肉体的女人正是身形像木桶的赫尔滋太太!

一九六六年四月九日,九龙宵禁解除后写成

俯 视

将夜空视作大海，那一朵朵的云就是海上的风帆了。秋风飒飒。云似风帆般迅速飞去，使十五的圆月忽隐忽现。树叶在秋风中飘落。落叶遍地。那座塔的木门已损坏，被风吹开时，因铰链生锈而发出刺耳的轧轧声。走入门内，在黑暗中摸索。上楼始知栏杆已倒，每一块梯板都在摇动，不用手掌撑着墙壁，不易保持身体的平衡。蛛网一再罩在他的脸上，使他不得不用手去拭脸。这楼梯原是走惯了的，即使闭着眼睛也不会踏空。当木梯还很坚实的时候，常常趁粗心的看塔人忘记闩上木门，潜入塔内，到塔顶去眺望嵯峨的远山。现在，他又站在塔顶了。景色未变，围筑在顶层的栏杆已虫蚀。“她怎会这样愚蠢？”那是很久以前的事了。看塔人用颤巍巍的手提着灯笼，像疯子一般在铺着石子的小路上边奔边喊。人们相继从睡梦中惊醒，纷纷走出来观看究竟。就在塔门前边，左颊有酒窝的婉芬躺在血泊中，一对大若桂圆的眼睛，望着天空而再也见不到什么。叹息与廉价的同情都缺乏真诚，谁也不敢坦白表露好奇。问题是很多的，答案将永远锁在死者心中。当时，他曾蹀步上楼，泪水已使视线模糊。在塔顶的栏杆边，有一只绣花鞋。当他伛偻着背将绣花鞋拾起时，他叹了一口气。那是很久以前发生的事情。

用衣袖拭干泪眼。银色的河水像一条丝带。建于“丝带”两旁的瓦顶石屋参差不齐。月光给小河涂上一层银色油彩。月光给小河旁边的石屋涂上一层银色油彩。云块掩盖月亮，小河与石屋都是灰色的。有一块大石也是灰色的，在镇之尽头。当他们对人生的反复全无认识时，耳边的戏言必能引起银铃般的笑声。此外，还有一些应该引为骄傲的极其深刻的印象。他们曾在雨中奔跑，奔入凉亭等待呼吸恢复均匀，无意中见到两只野狗在泥径上交合，婉芬就慌乱无主地将视线落在远山上。雨中的远山，像画。

河上有桥。站在桥上总会见到脚划船将白米或花布载到河埠头。这小镇像一个孱弱多病的老头子，不论日与夜，都想用睡眠补偿耗损的精力。偶尔也会在鼓笛声中出现不常见的热闹，不外乎米行老板娘患急病离开人世，或杨有财之类的人物做寿。这里的生活十分刻板，与河水一样，不会有巨大的波澜。清晨必有鸡啼起于太阳上升之前；日落则有牧童牵牛而归。的笃班[①]每年来一次，茶馆里的说书先生经

① 的笃班，清末在浙江省嵊县一带的山歌小调基础上，吸收绍剧等剧目、曲调、表演艺术而初步形成的戏曲剧种，又称“小歌班”。其形式简单，伴奏用笃鼓和檀板，故有此称。它进入上海后，称为“绍兴文戏”，1942年起改称“越剧”。

常让朴实的听众获得大笑的机会。在他的记忆中,河边小船上的炊烟随风向河边的树梢慢慢吹去,与尼姑庵里的木鱼声随风向镇上送来,一样平凡。这里的一切都缺乏新鲜感。倾圮的墙壁。杨有财家的鸦片灯。小姑娘穿着布底鞋踩到狗粪。木窗里的夫妻相骂。秋天的树叶枯黄了。每年春天的桃树总会开出鲜红的花朵。逢到落雨天,店员们伏在柜面打呵欠。这里的空气一直好像凝固似的。尽管晚霞有太多的颜色,也不会引起任何人的注意。人们最关心的事情似乎只是米缸里的米与柴间里的柴。那时候,大家虽然辛苦,饭还是能够吃饱的。那种日子没有什么不好,只是单调些。他与她常到草木很多的地区去捉蟋蟀或蚱蜢。

然后山中蓦地响起机关枪声。从睡梦中睁开眼来的女人推醒男人。“你听!”“别吵,让我再睡一会,天还没有亮。”“你听,这是什么声音?”“打仗了?”“不打仗,怎会有机关枪声?”……变化由此开始。人们推开窗子就见火光。狗在狂吠。上了年纪的人都知道这是掮着箱子或铺盖逃走的时候了。婴孩哭哑嗓子。整个乡镇乱糟糟的。月光依旧皎洁。河水依旧静静地向西流去。石桥上突然竖起膏药旗,一队日本兵从桥的这一边走到桥的那一边,另一队日本兵从桥的那一边走到桥的这一边。他们的长枪上插着刀子。那些刀子在月光底下晃呀晃的。这是农历新年前几天,家家户户都在忙着过年。日本兵将猪圈里的猪牵走。日本兵将牛栏中的牛牵走。日本兵抢米。日本兵抢面粉。柴间里传出女人的叫喊。男人为妻子女儿甚至母亲的清白而丧失生命。第二天早晨日本兵全部退入山中。小镇静悄悄的。将熄的灰烬仍有白烟冒起。茁壮的乡民被日本兵刺死在石子路上。竹竿上挂着三个无辜者的头颅。不见猪与牛。不见鸡与鸭。野狗嗅探泥路,在寻找可以吃的东西。所有可以吃的东西都被日本兵抢去了。他能清晰记起这件事,因为在第一批从山中回到镇上的乡民中间就有他。那时候,从半开半闭的木窗中,他曾经见到一个被剥去裤子的女人躺在草堆中。

过去的事情重现在他的脑子里,像妥为保存的字画,多年后再一次展开,色彩依然保持原有的鲜明。他仍能记起每一个细节,虽然隔了七八年。他离开这小小的乡镇已是七八年前的事了。此番重回家乡,说是愉快,倒也有点怅然若失。当他站在塔的顶层时,俯视这别离已有七八年的乡镇,所见仍极熟悉。单看表面,这乡镇是没有什么变化的。月光照射下的河水依旧像一条丝带。使两岸居民产生一区之感的仍是河上的石桥。尼姑庵里的木鱼声日夜不停。杨有财家里的鸦片灯通宵不熄。田野里的犬吠常使林中小鸟惊飞。甚至七八年前倾圮的墙壁依旧未加修葺。战争并没有使它的外貌有太大的改变,只是看塔人早已死去。谁也不喜欢走进这座随时都有可能倒塌的塔;谁也不肯出钱将它拆除。木门与栏杆因虫蚀而失去应有的坚实。没有人提议另外雇一个

看塔人。塔内布满蛛网。

为了捕捉失去的时刻,他又站在塔的最高层了。这里,他曾对婉芬说过一些平时不敢说的话。他们曾经做过一番约言的,此刻仍能记得清清楚楚。那一对大若桂圆的眼睛。那笑时窝现的神态令人益觉娇娜。当他俯视塔门前那块泥地时,见到泥地上那些在风中打转的落叶,甚是伤心。那天晚上的种种是不容易忘掉的。看塔人的呼叫将他从睡梦中惊醒。当他奔到塔前时,见到躺在血泊中的尸体就吓得浑身沁汗。他疾步奔到塔的最高层,果然拾到那只绣花鞋。他似已失去生存的凭依;却没有勇气跳下去。他在塔上站了一夜,流了一夜的泪水。第二天上午,从乡民的嘴里获悉问题的解答。就在日本兵走来掠夺的那晚,婉芬被奸污了。

婉芬不愿求取他的谅解,毅然走上塔去。……这件事,促使他离开家乡。当他离开家乡时,只携一把油纸伞与一只包袱。在包袱里,放着那只绣花鞋。

现在,他俯视塔下的泥地。手里依旧紧紧握住那只鞋子。七八年了,许多新的东西变成旧的东西。许多旧的东西被他抛弃了。他没有抛弃那只绣花鞋。

悲伤像一支针,将往事不断注入他的脑子。泪水沿着脸颊滑落。那种难忍的痛苦感觉,仿佛心脏被小刀子割开。当云块像风帆般被吹向别处时,月光再一次在小镇的表面涂上一层银色。他既是走来寻找失去的时光,就该拭干泪眼看看镇上的比栉瓦顶与镇外的田畦。那村舍，那冷亭，那草木很多的地区，那荒芜的庭园……都是他过去常到的地方，多看一眼，多增一分惆怅。他能忘记在凉亭避雨的情景吗？他能忘记在莽莽苍苍的地区捕捉蟋蟀或蚱蜢的情景吗？这些都是过去了的事情，他只能从过去的岁月中发掘生的意义。当他在外地时，他常在梦中见到家乡的树与小河。此刻站在塔顶，秋风使他频打寒噤。

一九七〇年九月十四日

龙须糖与热蔗

一

他叫亚滔，一个卖龙须糖的。那天下午，他在油麻地一幢大厦的入口处卖龙须糖。有几个人围着他。这几个人并非全是顾客，除了一个掏钱买糖的，其余几个都将他的工作当作一种表演。他感到骄傲，集中精神去“表演”。就在这时候，有人刺了他几刀。他倒下，手里拿着未卷成的龙须糖。

二

虽然死得凄惨，所谓“前因”，却是缺乏曲折与离奇的。

三

亚滔死的时候，只有十九岁。与所有的年轻男人一样，喜欢留长发，喜欢穿苹果牌牛仔裤，喜欢看打斗片，将李小龙当作“神”来崇拜。当他在小学读书的时候，他常看公仔书[①]。现在，被人刺死了，走来调查的警务人员发现他的衣袋里有一本武侠小说。他的父亲是个搭棚工人。十年前，建筑业一枝独秀，搭棚工人的工资提高，每个月可以赚两三千块钱。那时候，亚滔才不过九岁。日子过得不算好，也不算坏。坏的日子是在他的父亲离开人世后开始的。他的父亲在一个有雨的下午从棚架跌下，留下五千块钱与一只金戒指与一只震坏了的腕表。亚滔十五岁之前，母亲替别人洗熨衣服。亚滔过了十五岁，母亲常常咳嗽，咳出来的痰，带有血丝。为了生活，亚滔做过写字楼的后生；也做过清洁工人。尽管赚的钱不足维持这个家的开支，却不愿拿了刀子走去公厕抢劫。当他在写字楼做后生的时候，曾经将墨水泼翻在文件上，被经理责骂几句，愤而离去。当他做清洁工人时，为了一句不堪入耳的粗话，与一个同事打了起来，打得头破血流。两种工作都不合理想，决定改行做小贩。起先，贩卖生果；后来，贩卖猪肠粉。几个月前，港九忽然多了一些卖龙须糖的，生意都很好，亚滔决定改卖龙须糖。

① 公仔书：香港人一般称洋娃娃为“公仔”。这里的“公仔书”指连环图画书。

四

龙须糖不是什么新花样,在别处早已是一种普遍的零食。几年前,海运大厦设立"星光邨",有一档卖龙须糖的引起许多人的注意。这档龙须糖的生意特别好,卷糖的老师傅只有一个,时间变成他的敌人,顾客想吃龙须糖,必须先缴钱,然后拿了筹码,隔半个钟头或一个钟头才能取到。生意是很好的。不论晴天或雨天,不论夏季或冬天,生意总是很好的。正因为这样,这种在香港原不普遍的零食,忽然像牛杂、猪肠粉与臭豆腐那样普遍了,港九各区都有卖龙须糖的小贩出现,旺盛的地区如皇后道或弥敦道固然有;即使偏僻的地区如九龙塘或半山一样也有。吃龙须糖的人越来越多。贩卖龙须糖的人越来越多。亚滔并不愚蠢,看到这种情形,为了争取较大的利润,也改卖龙须糖了。这一次的"投机",使亚滔的收入增加一倍。不过,他之所以被人刺毙,并不是因为贩卖龙须糖的收入太好,而是为了珠女。

五

珠女是个卖热蔗的,今年十七岁,圆圆的脸蛋,大大的眼睛,不大开口,也不大露笑容。

六

珠女的热蔗档是一架用杂木钉成的车子，摆在大厦门口，有青皮蔗，也有红皮蔗。

亚滔的龙须糖则装在锌铁箱里，简简单单，下面放一只折凳，就可以做生意了。警察来时，只要右手提铁箱，左手提折凳，拔腿飞奔，多数不会被抓入猪笼车。亚滔年纪虽轻，“走鬼”的经验倒也相当丰富。

七

珠女的热蔗档，摆在大厦门口的左边。

亚滔的龙须档，摆在大厦门口的右边。

当亚滔决定将档口摆在那地方时，他当然会注意到那个热蔗档的。由于贩卖的货物不同，亚滔不会将热蔗档视作竞争的对象。同样的情形，珠女也不会因为多了一个龙须糖档而妒忌。

在最初的两天中，因为生意好，亚滔不断卷龙须糖，连片刻的休息也得不到。第三天，气候骤变，北风呼呼吹，衣服穿得单薄的人就会发抖。买龙须糖的人减少了。看亚滔卷龙须糖的人减少了。亚滔站在北风中，为了御寒，不得不将那

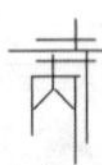

双染满糖粉的手插入牛仔裤。

偶然的一瞥，他发现坐在热蔗档旁边的珠女正在看他。当他们的视线接触时，珠女忙不迭低下头去，两颊羞得通红。

热蔗不断有热气冒出。

坐在热蔗旁边是温暖的，亚滔想。

八

尽管每天都见面，亚滔与珠女一直没有交谈过。亚滔喜欢那对大大的眼睛，没有顾客的时候，就会转过脸去看珠女。珠女怕羞，老是将视线落在别处，只有在亚滔忙于卷龙须糖的时候，才敢悄悄偷看他一眼。

九

另一个寒流袭港的日子。很冷。天文台说是新界某些地区已结冰。亚滔起身后，手指麻痹，总觉得身上穿的衣服不够。他对母亲说：

“天气太冷，今天不想出去做生意了。”

母亲点点头。

吃过早饭，手指依旧麻痹。亚滔对母亲说：

“天气虽冷，不做生意就赚不到钱。”

母亲点点头。

亚滔提了锌铁箱与折凳走去老地方卖龙须糖。北风呼呼吹,天气是很冷的。亚滔见到坐在热蔗档边的珠女时,虽然身上穿的衣服相当单薄,也不觉得冷了。

十

这天下午,气候更冷。买龙须糖的人,很少;买热蔗的人,更少。亚滔望望坐在热蔗档边的珠女,想起那些坐在电炉旁边打麻将的女人,觉得珠女很可怜。珠女望望站在龙须糖箱旁边的亚滔,想起那些在暖气房喝酒的男人,觉得亚滔很可怜。

有一个阿飞走来向珠女买热蔗了。这个阿飞的头发比亚滔更长,电成波浪式,像女人。他的右颊有刀伤的疤痕。

他选了一条五毛的热蔗,要珠女削去蔗皮。珠女削蔗皮时,他用油腔滑调的口气说:

"你叫什么名字?"

珠女不答。

"今天晚上有空吗?"

珠女不答。

"要是有空的话,请你去听歌。"

珠女仿佛聋了似的,只管削蔗皮。

“怎么啦？不愿意跟我讲话？”

珠女仍不开口，脸上的表情很难看，怒意显明。

“喂！”阿飞放开嗓子说，“别假正经，好不好？”说着，伸出手去，用食指在珠女下颏刮了一下。这一个佻僖的动作，使珠女恚怒到了极点。珠女将那条未削好的甘蔗掷在地上。

阿飞恼羞成怒，肆无忌惮地将珠女搂住，强吻她。亚滔见此情形，再也无法用理智控制自己的行为，三步两脚走过去，一把捉住阿飞的衣领，往后一拖。那阿飞没想到半路上会杀出一个程咬金，心理上全无准备，身子失去平衡，跌倒在地。纵然如此，亚滔的怒气仍未平息，扑过去，将拳头犹如雨点般落在阿飞身上。那阿飞显然不是亚滔的对手，挨了打，不但不回击，反而飞步窜逸。

珠女低声对亚滔说了一句：“谢谢你。”

亚滔说：“那个阿飞太可恶了！”

珠女走回热蔗档边，坐定。

亚滔走回自己的档口，呆站着。

天气太冷。没有人走来买龙须糖；也没有人走来看亚滔卷龙须糖。亚滔闲着无聊，心情有点局促。为了掩饰这种局促的心情，即使没有顾客，也毫无必要地卷龙须糖了。

卷好三个龙须糖，走去递与珠女，不说一句话。

珠女将龙须糖接了过去，放在一边。

她选了一条红皮热蔗，削去皮，走去递与亚滔，不说一句话。

亚滔接过热蔗，咬了一口。

珠女回到摊边，坐定，开始吃龙须糖。

吃龙须糖的时候，珠女偶尔也会望望亚滔。

吃热蔗的时候，亚滔偶尔也会望望珠女。

偶尔，他们的视线接触了，亚滔对珠女笑笑，珠女也会对亚滔露出一个浅若海鸥点水的笑容。

十一

天气回暖。买龙须糖的人，多了，走来看亚滔卷龙须糖的人，也多了。亚滔很忙。当他忙得连回头看珠女的机会也得不到的时候，珠女就睁大眼睛怔怔地凝视他。有一次，一个小孩子走来买热蔗，珠女的注意力给亚滔吸引住了，竟将削去皮的甘蔗又削了一遍。

十二

亚滔曾在梦中请珠女看电影；也在梦中请珠女在餐厅的卡位里喝咖啡。但在现实生活中，始终没有勇气开口。不开口，并不是对珠女没有好感；相反，他对珠女的情况却有太多的猜想。他猜想珠女是个独生女。他猜想珠女的父母已不

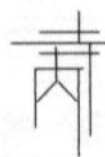

在人世，寄居在亲戚家里。或者，珠女的母亲已不在人世；而她的父亲则是一个性情暴躁的酒鬼。他猜想珠女没有读过什么书，即使读过，也不过是小学程度。他猜想珠女喜欢吃甜的东西。他猜想坐在热蔗档边的珠女在想些什么……

卷龙须糖的工作，是一种简单的工作。唯其简单，成天做着这种工作，难免感到乏味。亚滔能够站在大厦入口处久久做这种简单的工作而不觉得乏味，主要靠这些没有根据的猜想支持。这些猜想，虽然缺乏根据，却极具娱乐性。

那天下午，当他一边卷龙须糖一边猜想珠女是否会拒绝他的邀约时，被人刺了几刀。

警察疾步赶来，凶手已逃得无影无踪。警察向一个目击者询问凶手的面貌，目击者的回答是：凶手是个长头发阿飞，右颊有刀伤的疤痕。

警察向珠女提出一连串询问，珠女的喉咙好像给什么东西塞住了，发不出声音。

亚滔的尸体被抬走后，大厦入口处的地面上还有几摊血迹与糖粉。血是红的，糖粉是白的。两种不同的颜色形成强烈的对比。珠女依旧坐在热蔗档边，呆呆地凝视地面上的血迹与糖粉，很久很久，视觉才被泪水搅模糊。

一九七四年三月十七日

第二天的事

镜子里的他。

不算英俊;也不算丑陋。眉毛太浓。嘴唇太厚。大蒜鼻。鼻孔很大。皮肤是黧黑的。一脸暗疮。

长头发。

他的头发是鬈曲的。

穿上高领恤。粉红色的。他有好几件恤衫。每一件恤衫的领子都很高。现在流行高领恤。年轻人必须穿高领恤。

从衣柜中取出黑色的西装。

昨天晚上,走去参加派对时,穿的是蓝色柳条西装。

昨天晚上的事情,像梦。此刻想起来,似乎不大真实。……从来没有见过这样美丽的少女。虽然不过十七八岁,却有一个成熟的体态。胸脯发育得很好。是的,胸脯发育得很好。没有戴乳罩。森森型的头发。大眼睛。那对眼睛的诱惑力很大,要不然,我也不会走去邀她跳舞。这是需要一点胆量的。遇到这样的女人,没有胆量的人也会勇敢起来。……迷人的大眼睛。那一对大眼睛太迷人了。……她

的舞姿很美。在那个派对上,她的舞姿最美。……她是不同的。她很天真,她的体态不像一个少女。……她有男朋友吗?

这个问题,像一支长针插在心上。

穿上皮鞋。走出家门。

刚从厨房走出来的母亲问:“到什么地方去?”

他不答。

电梯里有个女人。

这是一个中年妇人,胸脯发育得很好。

一个中年妇人,有这样的胸脯,很平常。一个十七八岁的少女,有这样的胸脯,就不多了。……胸脯发育得这样好的少女,不会没有男朋友。……何必理这些?就算有男朋友,又怎样?她对我有好感,是千真万确的。要不然,跳过舞之后,也不会陪我到酒柜边去喝酒。……这是不容易忘记的。在喝酒的时候,我们的谈话虽简短,却不容易忘记。……“一个人走来参加派对?”“跟巧玲一同来的。”“巧玲是谁?”“同事。”“什么地方的同事?”“工厂。”“哪一家工厂?”“现在不做了。”“现在做什么?”“什么也不做。”“你叫什么名字?”“我叫欧阳妮妮。”说了这一句话之后,有一个长发青年拉她去跳舞。……

电梯降到地下。

中年妇人婀婀娜娜走出去。

他跟在背后。

大厦入口处,有两个男人在对骂。一个是狗主。一个是摆报纸档的。狗主的狗在报纸档边排尿。

这一类的事情是常常发生的。

站在人行道上等小型巴士。

坐在小型巴士的车厢里,想起欧阳妮妮与那个长发青年跳舞的情景,仍有妒忌。

……那个长发青年绝对不是好人,跳舞时的动作很难看……有些动作,对欧阳妮妮来说,简直是侮辱。如果我是欧阳妮妮的话,一定不陪他跳舞。我不是欧阳妮妮。欧阳妮妮也不是我。她并不认为这是一种侮辱。她继续陪那个长发青年跳舞。当她陪那个长发青年跳舞时,她闭着眼睛,头发依照音乐的旋律左摇右摆。看样子,她对这个青年很有好感。看样子,她对任何一个青年都有好感。……我不喜欢那个青年。我不喜欢欧阳妮妮陪那个青年跳舞。我喜欢欧阳妮妮。她有一对大眼睛。她的胸脯发育得好。那个青年一定像我那样喜欢她。要不然,他不会将欧阳妮妮拉到后边去了。……那个青年真可恶。……他将她拉到后边去做什么?……这个问题,我已想过一夜,直到现在,还找不到答案。我只有猜想。这些猜想使我不安。想起这件事,心里就不舒服。欧阳妮妮不应该陪他到后边去。欧阳妮妮是个坏女人?……

望望车窗。

湾仔永远那么挤塞。太多的人。太多的车辆。灰尘像风沙。汽车喷出来的废气令人想呕。新楼夹在旧楼中间。旧楼像白鸽笼。

小型巴士在挤满车辆的长街穿来穿去。

蓦地响起救伤车的铃声。

救伤车在拥挤的湾仔无法增高速度。

湾仔有太多的车辆。

湾仔有太多的居民。

修顿球场附近的家庭计划指导会劝人不要生育太多的孩子。

卢押道上有许多酒吧。

小型巴士在轩尼诗道卢押道口停定。

一个少女上车。

这个少女长得很难看,脸上搽着太多的脂粉。她有很长很长的头发。比欧阳妮妮更长。

欧阳妮妮是一个坏女人?不,她不是一个坏女人。当她从后边走出时,她走到我面前。她对我笑,这种笑容是非常可爱的。我从来没有见过这样美丽的笑容。……她跟我讲的话,我每一句都记得。……"跳舞?""我不是一个喜欢跳舞的人。""喝酒?""我不是一个喜欢喝酒的人。""不跳舞,不喝酒,为什么走来参加派对?""我喜欢热闹。""我——"没有

将话说出，另外一个长发青年走来拉她去跳舞。当她在舞池里跳舞时，她睁大眼睛望着我。……

小型巴士驰过死亡弯角。

这地方清静得像住宅区，与湾仔形成强烈的对比。

香港在蜕变中。

旧兵房迟早要拆掉的。

小型巴士穿过天桥，展现在眼前的，是希尔顿酒店与木球场。

"汇丰银行有落！"一个乘客放开嗓子嚷。

车子在汇丰银行门口停定。有三个人下车。他是其中之一。他怀着兴奋而又紧张的心情穿过马路，穿过没有皇后像的皇后像广场，穿过行人隧道，随着人潮进入天星码头。

坐在渡轮上，心情紧张。

维多利亚海峡有太多的船只。

派对很热闹。我相信有人服食过迷幻药的。我不敢服食迷幻药。我只想与欧阳妮妮在一起。欧阳妮妮常常陪别人跳舞。当她与别人跳舞时，我心里很不舒服。我不知道怎会产生这种感觉的。……欧阳妮妮对我有好感。这一点，相信不会错。每一次见到我时，她总会露出迷人的笑容。她的笑容十分迷人，此刻想起来，心里也是痒孜孜的。……虽然有许多人拉她跳舞，她对我最好。只要有空，就会走来陪我谈话。……她对我有好感，谁也看得出来。她为什么对我那

么好？我长得并不英俊；身上那套蓝色西装也不漂亮。她为什么对我那么好？也许——也许这是缘分。……对了！这是缘分！如果没有缘分的话，我问她住在什么地方，她就不会将地址告诉我了。将地址告诉我，当然希望我去找她。这种意思是明显的。……我为什么这样紧张？虽然没有跟她约好，相信她见到我时，一定很高兴。说不定此刻正在家里等我去找她。我要是不去找她的话，她会失望。……这是用不着紧张的，我为什么这样紧张？应该老练些。追求女人，不能太稚嫩。……

砰！

跳板放下时发出的声响，打断他的思路。渡轮抵达尖沙咀。随着人潮走出码头。尖沙咀有太多的行人。

尖沙咀有太多的车辆。

走去搭乘巴士。

虽然是总站，搭巴士也不容易。

坐在车厢里，心情更紧张。

巴士驶过半岛酒店，转入弥敦道。这条街道是宽阔的。两旁的大树使这条现代化的街道添了不少诗情画意。

没有欣赏街景的心情。

局促不安。

再过几分钟，就可以见到她了。她住在柯士甸道H大厦十一楼A座。我没有去过H大厦。不过，绝不会有什么困

难,只要向别人询问,很容易就会找到的。……见到她时,应该说些什么?……我应该对她说:“请你去喝茶。”……不,不要这样说。我应该对她说:“请你去看电影。”……她可能是个影迷。少女都喜欢看电影。请她去看电影,她多数会接受。她既然希望我去找她,当然会接受我的邀约。我请她看电影,她不会拒绝。……看过电影,怎么办?请她到餐室吃常餐。常餐比较便宜。……这不是需要担心的问题。我身上有一张“红底”①,即使到旋转餐厅去吃东西,也不会不够。但是……吃过晚饭,到什么地方去?……

在伦敦戏院邻近的那一站下车。走回几步,就是柯士甸道。

不知道应该朝哪一边走。

问别人,才知道 H 大厦在那一边。

穿过马路。

找到 H 大厦时,血液循环随着心跳加速。

站在大厦入口处,没有勇气走去搭乘电梯。

既然来了,何必害怕?这不是一件值得害怕的事。欧阳妮妮要是不希望我去找她的话,也不会将地址告诉我了。我一向不是一个胆小的人,现在怎会变得这样胆小?应该拿些勇气出来。她要是肯陪我去看电影的话,我们就可以常常在

---

① 红底,指港币一百元。因票面呈红色得名。

一起了。她很美。她有一对美丽的大眼睛，跟她在一起，我会非常快乐。……看电影，吃晚饭，到公园里去散步……

走入电梯。

电梯上升。

心似打鼓。

电梯门打开，紧张得像临盆的孕妇。

一点也不错，墙上有一块胶质的牌子，白底黑字：十一楼。

找到了A座。

咬咬牙，伸出手去揿门铃。

走来应门的，是个中年妇人。

中年妇人脸上的表情很严肃。

他露了一个不自然的笑容。

他问："欧阳妮妮小姐在吗？"

中年妇人上一眼下一眼打量他，然后粗声粗气说："姓欧阳的人家去年就搬走了。"

一九七二年六月四日

时　间

除夕早晨,天色阴霾,有风,风势强劲。当他们走出大厦时,淑芬打了一个寒噤,说要回楼上去拿羊毛衫。子铭看看腕表:九点十分。“我们搭的是十点那一班水翼船,”他说,“现在已经九点十分,万一赶不上这一班的话,度假计划只好取消。”

“昨晚电视台的天气报告说:寒流将于新年期间抵达华南海岸。”

“现在已经九点十分了,”子铭说,“平时,搭不上十点那一班的水翼船,可以改搭十一点;今天是大除夕,所有的船票早已卖光,搭不上这一班,就不能到澳门去度假了!”

“今天改吹北风,气温骤降,还是多拿一件羊毛衫的好。你在这里等,我上去,要不了五分钟。回头,我们搭计程车到码头去。”

未得子铭同意,淑芬掉转身,疾步走去搭乘电梯。

淑芬拿了羊毛衫下来时,九点二十分左右。他们站在街口等计程车,总不见计程车驶来。

“我们应该早些走出来的。”子铭有点焦急。

“不要担心,从这里到港澳码头,通常二十分钟就够了。”淑芬说。

依旧不见计程车。

小型巴士一辆又一辆地打从他们面前经过。有些小型巴士挤满乘客,有些小型巴士则是空的。

“不如搭乘小型巴士吧。”淑芬说。

“搭乘小型巴士,就不能经由海旁大道前往港澳码头了。这样,费的时间更多。”

“搭不到的士,有什么办法?”淑芬说,“站在这里呆等,浪费的时间更多,还是搭小型巴士吧。”

一辆小型巴士开来了,停在他们面前。淑芬首先上车;子铭只好跟着上去。

“不要担心,”淑芬说,“现在才不过九点半,要是顺利的话,九点五十分一定可以到达码头。小型巴士的速度不会比的士慢,只是搭客上落时稍微浪费一些时间。”

话虽如此,小型巴士朝中环驰去时,每一次遇到红灯,子铭就会埋怨起来,说淑芬不应该为了省几块钱,坚持在家里吃早餐。

淑芬将他的话语当作耳边风,不理他。

小型巴士经过铜锣湾时,子铭又咕哝了:“上楼去拿羊毛衫,浪费了几分钟!”

淑芬偏过脸去，将视线落在车窗外的景物上，装作没听到。

子铭意犹未尽，加上这么几句：

“平时，浪费几分钟，不成问题；今天不同，差一分钟，就搭不上水翼船！”

小型巴士到达中环汇丰银行门前，子铭焦躁不安地看看腕表，对淑芬说：

“赶不及了！”

“现在几点？”淑芬问。

“九点四十分。”

“还有二十分钟，应该赶得上。”

“中区交通灯多，而且车辆挤塞，我们不一定赶得上那一班水翼船。所以——”

“怎么样？”

“我认为我们应该在这里下车。”

“在这里下车？为什么？”淑芬不明白子铭的用意，“你当然不会不知，从这里走去港澳码头，还有一大段路。”

“我当然不是这个意思。”

“你的意思是什么？”

“改搭计程车。”

“改搭计程车？”

“是的，”子铭说，“计程车比小型巴士快得多。只要改

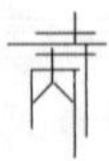

搭计程车,一定可以赶上那一班。”

“但是,”淑芬说,“在这里,也不一定雇得到计程车。雇不到计程车,岂不糟糕?”

这时候,小型巴士又开动了。到达电车站旁边,又是红灯。子铭更加焦急,一再低下头去看手表。

“赶不上这一班的水翼船了。”他说。

淑芬心里也焦急,脸上却装得很安详。她不再说什么。

小型巴士过了电车站,转入雪厂街。有人上车,又停了一分钟左右。车子驶入皇后大道中,车辆有如一网鱼似的,挤在一起,动也不动。

“糟糕!糟糕!”子铭急得连声音也发抖了,“不如在这里下车吧!”

“这里是禁区,怎能下车?”

“司机!”子铭放开嗓子嚷,“我们能不能在这里下车?”

“这是禁区,”司机说,“要到安乐园门前才能下车。”

“但是,我们要赶去港澳码头搭乘十点开出的水翼船!现在已经九点三刻了,要是车塞的情形继续几分钟的话,我们就搭不到那班船了!”

司机是个好心肠的中年人,听了子铭的话,探首窗外,左顾右盼,见邻近并无警察,冒着被罚的危险,竟在“禁区”将门启开了。子铭随即付了一块钱车资给司机,以极其敏捷的动作偕同淑芬下车。

下车后，从铁栏杆钻入人行道，将脚步搬得像旋转中的车轮一般，朝前奔去。淑芬不知道他奔去什么地方，一味跟随。

奔到娱乐戏院旁边，子铭站定，伸手朝计程车停车处一指，说：

"穿过马路！"

为了争取时间，不顾来往的车辆，疾步穿过马路，经安全岛，又穿过马路，朝计程车停车处奔去。幸而这时候的交通并不通畅，车辆行驶的速度比平时慢得多。

计程车停车处停着三辆空的士。

这是上午，从中环到别区去的人不多。子铭与淑芬奔到计程车停车处时，无须排队，拉开车门，进入车厢。

"到什么地方去？"司机问。

"港澳码头，"子铭说，"请你开快些，我们要赶搭十点那一班水翼船。"

司机点点头，将车子朝前驶去。

驶到街口，车子停下来，既不能继续向前，也没有办法后退。子铭急得连额角也有汗珠流出。

"怎样啦？"子铭问。

司机探首窗外，望望前边，用低沉的语调答：

"前边发生车祸！"

"什么？"子铭大吃一惊，"前边发生车祸？"说着，低下头

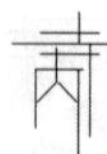

去看手表,“糟糕!现在已经九点五十分了!再过十分钟,那班水翼船就要开出了!”

“看情形,十点开出的那一班水翼船很难搭到了;你们还是改搭十一点那一班的水翼船吧。”司机说。仿佛被人突然刺了一针似的,淑芬尖声叫了起来:

“改搭十一点那一班的水翼船?这是不可能的!今天是大除夕,所有的船票早已卖完!”

焦躁不安的子铭眉头一皱,转过脸去对淑芬说:

“这个时候还讲这些做什么?”

语气中的责备意味是十分明显的,如果是平日,淑芬听了这样的话,一定会生气;但是现在,她对子铭的心情非常了解。

子铭探首车窗外,望望前边的情形。前边是十字路口,中区的交通要道。此刻,黑压压地挤满车辆。“怎么办?”子铭急得连声音也有点发抖。“我们一定赶不上了!”

淑芬大声说:“不如步行吧!”

那司机听了这句话,立刻附和:“如果你想赶搭十点那一班开出的水翼船,走得快些也许赶得上。依我看来,在目前这种情形下,步行比搭车快得多!”

子铭再一次看表,摇摇头,说:“只剩八分钟了,即使奔,也奔不到港澳码头。”

就在这时候,前面的车子开始蠕动了。原极沮丧的子铭,见此情形,心中顿时燃起希望之火。

“看样子,前边的问题已解决,”子铭说,“这是整个中区的心脏地带,即使发生车祸。警方一定会尽快使它恢复正常的。现在,我们也许可以及时赶到码头了!”

车子折入干诺道中,子铭用释然的口气对淑芬说:“我们可以及时赶到港澳码头了!”

但是,事情并不如子铭想象那样简单。车子到达惠罗公司门前,又停下。

“怎么啦?”子铭原已松弛的神经再一次紧张起来。

司机不假思索答了两个字:“塞车!”

“塞车?”子铭说出这两个字时,语气像一个易于激怒的孩子。

司机做了这样的解释:“每天上午,干诺道中大部分时间都会出现塞车现象。”

子铭正要开口时,前边的车子开动了。司机将车子朝前驶去;驶了十码左右,又停。

“怎么办?”子铭低下头去看表,“还有五分钟,水翼船就开了!”

司机说:“还是走路吧。”

“不,不能走路,”淑芬说,“这么一段路程,五分钟怎能走得到?”

司机说:“既然要赶搭水翼船,为什么不早些走出来?”

“现在还讲这些做什么?”子铭不耐烦地说出这句话之后,另一线的车辆开动了。子铭忍不住用埋怨的口气对司机说:

“我们排错一条线!刚才要是排那一条线的话,就可以——”

话没有说完前边的车辆又开动了。子铭望望旁边,发现旁边那一线的车辆已停下。他知道错怪了司机,不敢继续讲下去。

车子有如蜗牛爬,驶了二十码左右,又停。

“怎么办?”淑芬说:“这种情形,可能再过半个钟头也未必能够赶到港澳码头!”

“这是没有办法的事,”司机说,“上午的干诺道中常会发生塞车的情形。我看你们还是走路吧。”

淑芬问子铭:“你的意思怎么样?”

子铭答话时,语气好像在跟淑芬吵架:“此刻下车的话,除非世界第一流的长跑家,否则谁也无法在四分钟之内赶到港澳码头!”

淑芬不再说什么,心想:“看样子,今年又要在香港过年了。那几百块钱等于掷在水中。”

车子又开动。

这一次,居然驶了一大段路,驶到统一码头的红绿灯前才停下。子铭低下头去看手表:九点五十八分。

“还有两分钟!”他叫了起来。

司机默然不语,提高警觉等待交通灯转色,神情紧张,很像严阵以待的战士。淑芬也紧张得圆睁双目,仿佛有一把火在心中燃烧。

红灯转成黄灯时,司机抢闸,以高速朝前驶去。这种高速是违反交通规例的。司机虽然并不赶搭水翼船,但是,一种责任感使他必须在十点之前将子铭与淑芬载到港澳码头。

车子抵达港澳码头时,刚刚十点钟,子铭将车资给司机后,飞步奔去移民局检查处。

他们是这一班水翼船最后两个接受检查的乘客。受过检查,飞步走去码头。上船,正是开船的时候。这一班的水翼船迟了两分钟开出。

一九七六年作

圣　水

戒绝荤酒已有二十多年的大姑,是个很相信菩萨的人。一个月前,金价狂涨,儿子容辉炒金赚了十几万,大姑骄傲地对她的儿媳妇爱丽丝说:“要不是今年年初我向观音菩萨‘借富’,亚辉就不会赚大钱。”爱丽丝说:“去年股市大跌,恒生指数从千七点跌到三百多点,亚辉手上的蓝筹股,一年前值二十多万,现在只值两三万了!”大姑说:“买股票蚀本,是亚辉头脑不够灵活。明知股市要大跌,却死抓蓝筹股不放。”

大姑的日子过得很舒适,与儿子、儿媳妇、四岁的孙儿小宝一同住在半山区一层新楼里。这层新楼,两千多呎面积,是前年买的。前年,容辉做生意赚了一笔大钱。入伙时,大姑在客厅中央煮了一壶滚水,将滚水浇在四个墙角。“这样做,”大姑对爱丽丝说,“可以赶走邪魔。”爱丽丝是香港大学毕业生,在加拿大留过学,思想很新,总觉得大姑的言行有点古怪。

古怪的言行,很多。不说别的,单是那个神坛,就像名画一样,成为客厅最具吸引力的东西。

神坛朝南而设,靠墙,放在那套价值一万六千元的巴西沙发旁边,位置是由风水先生鉴定的。神坛是一只酸枝木的八仙桌,缚以织锦的桌围。桌面,除香炉烛台外,还有经书、念佛珠与水果。靠墙处,设有容家历代祖先示神位。神位旁边是神龛。龛内放着福建出产的观音白瓷像。神龛旁边是一只长方形的玻璃盒;盒内装着十吋高的“坐关公”,一边是周仓,一边是关平,都是景德镇的产品。关公前边放着济公,也是瓷像,造型相当别致:一只大酒坛,手执破扇的济公刚从坛内钻出,神态像小偷。济公旁边有一只葫芦形的玻璃球,瓶颈相当长,五六吋,倒插在瓦盅里。瓦盅盛水。许多人都不知道这是什么东西;不过,容家的人,包括小宝在内,都知道这是“圣水”。

“圣水能治百病。”

每一次,新的女佣走来上工,大姑在回答女佣的询问时,总是这样说的。

有些女佣并不好奇,听了大姑的话,耸耸肩,不再说什么;有些女佣,喜欢东探西问,听了大姑的话,少不免多问一句:

“圣水?什么圣水?”

“是齐天大圣赐给我们的圣水,”大姑说,“这圣水,非常灵验,像仙丹一样,喝一杯下肚,随便什么病痛都会消除!”

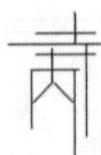

如果有人听了这样的解释仍不满意的话，大姑就会加上一句：

“有时候大圣会走到这里来的。”

这种话，能够引起别人的惊诧；却不能说服别人。大姑本人，倒是深信不疑的。

如果新来的女佣问：“你怎会知道齐天大圣来到？”

在回答这个问题时，大姑总是指着玻璃球说：“齐天大圣来到时，那玻璃球就会发出一声冰梆。”

正因为这样，凡是在容家打过工的女佣，都知道玻璃球的重要性。容家的女佣经常更换，但没有一个女佣曾经听到过玻璃球发出的冰梆声。

大姑是常常听到的。

大姑常常问小宝：“你有没有听到？”

小宝总是圆睁双目，怔怔望着大姑，不说“听到”，也不说“没有听到”。

根据这一点，大姑常常对亚辉或爱丽丝说：“小宝也听到的。”

其实，在小宝的心目中，那玻璃球形状古怪，只是大人玩的玩具罢了。他将它称作“冰梆”。

每一次，“冰梆”发出冰梆声，大姑就会放下任何工作(包括打牌)疾步走去神坛边装香燃烛，迎接大圣来到。

寒流袭港的那天晚上，大家很早上床。大姑念过经，也回房安睡。深夜向尽时,从睡梦中蓦然转醒。她听到“冰梆”发出的冰梆声,忙不迭翻身下床,披了衣服,踉踉跄跄走入客厅,装香,点烛,跪在神坛前磕了三个响头。天很冷,磕头时,浑身发抖。她应该回房去了,却固执地抬起头,东张西望,企图凭借跳跃的烛光见到齐天大圣的仙体。那“冰梆”虽已发出冰梆声,齐天大圣的仙体并没有显现,大姑见到的,只是贴在墙上的那幅画像。那是孙大圣的画像,孙大圣穿着赭黄袍,神气活现地坐在宝座上,后边有一面旌旗,上书“齐天大圣”四个大字,旌旗旁边有朵朵祥云。

依照大姑的想法:她膜拜齐天大圣已有这么多年,如果齐天大圣肯显圣的话,这是最适当的时候。

在昏黄不明的烛光中等了五六分钟,不见仙体,叹口气,缩头缩脑走回卧房,上床。她很失望,躺在暖烘烘的被窝里,睁大眼睛望着天花板,不知道孙大圣走来做什么,更不知道孙大圣为什么不肯显圣。天亮后,翻身下床,走去盥漱时,但觉头重脚轻。女佣端早饭出来,她吃了一杯牛奶与两块面包。到了十点左右,忽然呕吐了。爱丽丝要陪她去看医生,她摇头,她的脾性,凡是认识她的人部知道。当她不愿意做一件事的时候,任何人都不能强迫她做。这天中午,因为有热度,饭也不吃,躺在床上盖了两条棉被。她知道自己是在装香时受了风寒。

爱丽丝打电话给亚辉,说大姑的热度增高。亚辉从中环

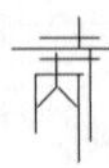

匆匆赶回,要陪大姑去看医生。大姑说是没有病,不肯去。亚辉摸摸她的额角,很热。于是,打电话给一个熟悉的医生,请医生出诊。二十分钟过后,医生赶到,把过脉,量过热度,为大姑注射两针,还开了一张药方。女佣拿了药方到邻近药房去配药,拿了一包药丸与一瓶药水回来。大姑对药物全无信任,说什么也不肯吃。亚辉见她如此固执,不能没有担忧,费尽唇舌,才使大姑让了一步。大姑虽然吃了药,对药物依旧一点信心也没有。这天晚上,全家都上床后,她翻身下床,蹑手蹑脚走入客厅,捧起那只盛"冰梆"的瓦盅,昂起头,骨嘟骨嘟,将盅内的"圣水"喝了好几口。

第二天下午,医生又走来替她打针。

在床上一连躺了三天,热度才退清。爱丽丝对大姑说:"要是不打针不吃药的话,你的病绝不会好得这么快。"

大姑不开口,心里却这样想:"你懂什么?不喝圣水,这场病会好得这么快……"

她走去神坛边,装香燃烛,磕三个响头,望望挂在墙上的大圣图,望望那只被小宝称作"冰梆"的玻璃瓶,牵牵嘴角,露出骄傲的微笑。

过几天,小宝也病了,爱丽丝抱他去看医生。医生替他注射一针后,千叮万嘱,要爱丽丝小心照顾孩子。

"不要让他受风寒,更不能乱吃东西。有了并发症,事情就麻烦。"医生说。

小宝的病情相当复杂，打过针，吃过药，仍无起色。大姑只有这么一个孙儿，见他病成这个样子，急得坐立不安，一再走去神坛点燃香烛，磕响头，要菩萨保佑小宝，使他早日恢复健康。

菩萨似乎并不理会大姑的祈求。吃晚饭时，照顾小宝的女佣忽然从房内疾步奔出，说小宝抽筋了。亚辉立即打电话到医务所去，接听电话的护士说："医生到新界去了！"

没有办法，亚辉只好将药油搽在小宝的太阳穴与鼻孔上。小宝呆呆地望着亚辉，脸上呈现着痛苦的表情。

"让他喝一点圣水吧。"大姑说。

大姑的建议遭受亚辉与爱丽丝的反对。尤其是爱丽丝，听了大姑的话，粗声粗气地嚷："你的圣水，放在那只瓦盅里，几个月也不换一次，怎么可以给病人喝？"

大姑气得脸色铁青，悻悻然走入自己的卧房，表示不愿意理这件事了。但是，她只有小宝这么一个孙儿，小宝病倒，不能不关心。

午夜过后，亚辉夫妇已上床。大姑走去观看小宝，见照顾小宝的女佣坐在椅上打瞌睡，趁机倒了一杯"圣水"给小宝喝下。

第二天上午，小宝病情转剧。亚辉抱他去看医生，医生说小宝突患并发症，必须住院接受治疗。

大姑知道小宝病情转剧，急得流下眼泪。当她止住泪水

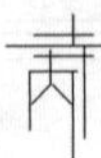

的流出时，她想：

“一定是亚辉坚持要看医生，触怒了大圣。要不然，圣水怎会不灵?”

一九七六年

一个月薪水

“加你一个月薪水，”马太将钞票交给二婆，“你到别处去做吧！”

二婆并不将钞票接过来，只是睁大眼睛望望马太，又望望站在马太旁边的马文滔。她完全没有想到事情会有这样的发展，情绪激动，气得浑身发抖。她今年已六十八，健康情形不能算坏，做粗工，不能与年轻人相比；做细工，却仍能做得很好。这些年来，她的自信一直很强。刚才马太说的两句话，虽简短，却使她感到难忍的痛苦。

“照理，我是不应该叫你走的，”马太加上这样的解释，“但是现在，洗衣有洗衣机，洗碗有洗碗机，煮饭有电饭煲，打蜡抹窗有清洁公司……我们实在没有理由再雇女佣了。”

二婆像木头人似的站在那里，望着马文滔，一动也不动。她的眼圈红了，眼眶里噙着抖动的泪水。文滔不开口，故意将视线落在别处。那马太将理由说出后，倒也有点不耐烦了，霍地站起，将钞票硬塞在二婆手里。二婆压不下冒升至喉咙口的怒火，扁扁嘴，愤然将钞票掷在地板上，抖声问

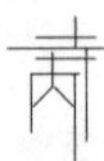

文滔：

“阿滔，你今年几岁了？”

“三十一。”马文滔低声答。

“我在你们马家做了多少年？”二婆的语调抖得厉害。

“不大清楚。”马文滔说。

“让我告诉你吧，我在你们马家已经做了四十三年了！”二婆从来没有这样大声对文滔讲过话，“你出世后，你阿妈患产褥热，身体虚弱到极点，没有我照顾你，你……你今天也不会变成商行经理，更不会加一个月薪水给我，要我到别处去做了！”说到这里，泪水夺眶而出。她拉起衣角，拭干泪眼，抽抽噎噎讲下去：“你两岁的时候，出麻疹，我……我三日三夜没有合过眼皮！……你六岁的时候，老爷死了，家境困苦，我不但不要薪水，还将历年的积蓄拿给你阿妈！……你十岁的时候，我送你上学，给电单车撞倒，直到现在，走路时还是一拐一拐的！……你十四岁的时候，你阿妈病死了，我每天出去收衣回来洗熨，维持这个家，供你读书！……你中学毕业后，我去别处做女佣，赚钱来送你进大学！……你在大学寄宿时，我每一次接到你的信，就会放下手里的工作，走去街口找写信佬，叫他一遍又一遍念给我听！……你来信说衣服穿得不够摩登，常被同学们讥笑，我为此不知道流了多少眼泪！……你结婚后，你的太太常常对我乱发脾气，我不想给你添麻烦，总是忍下了。……你升做经理后，我背着你去找黄大仙焚香还愿。……但是现在，你……你居然加我一个月薪水，叫我到别处去做了！阿滔，你……你……”

文滔刚说出“二婆”两个字，就被妻子呵阻：“不许讲话！”

马太是两行董事长的女儿，在书院读过书，有个外国名字叫作“葛蕾丝”，性情暴躁，嫁给马文滔才不过五个月，不但变成了“一家之主”，而且经常将缺乏个性而感情脆弱似玻璃的文滔当作出气筒。文滔为了那个经理的职位，付出的代价不算小。现在，葛蕾丝要辞掉二婆，文滔心里一百二十个不赞成，嘴上却半个“不”字也不敢说。

睁大眼睛凝视文滔的二婆，视线终被泪水搅模糊了。愤怒给这位六十八岁的老妇人一种奇异的力量，使她在走去工人房的时候，脚步移动得很快。走入工人房，蹲下身子，用抖巍巍的手将床底下的藤箧拉出，放在板床上。她在马家虽然做了四十三年，却与别的女佣一样，经常保有一只藤箧。别的女佣，上工辞工总是提一只藤箧的。二婆在马家做了四十三年，想不到也会有提着藤箧离去的一天。她的内心激动到极点。这“激动”两个字用来形容二婆收拾东西时的心情，非常软弱。泪水沿着满布皱纹的脸颊滑落；而愤怒似乎使她脸上的皱纹加深了。她很冲动，只因从小学会了忍耐，即使忍无可忍，依旧没有勇气将心中的愤怒全部宣泄出来。

马文滔走进来了，脸上的笑容比哭还难看。正在收拾东

西的二婆知道是文滔，只管忙碌地将属于自己的东西塞入藤箧。二婆在马家虽然做了四十三年，属于她自己的东西却不多。这一点，文滔倒是很清楚的。文滔从口袋里掏出五百元递与二婆。

“香港是个现实的地方，没有钱，过不了日子。”马文滔的声音像蚊叫。

二婆拉起衣角，拭干泪眼，抖声说：“你留着自己用吧。”

“我有。”

“我……我知道你有，但是你开销大。”二婆依旧低着头。

“拿去吧。”文滔说。

“我不要。”

马文滔将钞票塞在藤箧里，二婆固执地将钞票从藤箧中拿出来。

“你无论如何将这一点钱收下吧。”文滔的语气近似哀求。

“我……我不需要。”二婆掉转身，一屁股坐在床沿，拉起衣角掩住嘴巴，不让自己哭出声来。再一次将怒火压下后，二婆站起身，继续收拾东西，然后拎起藤箧，抖声说了三个字：

“我走了。”

“你无亲无眷，走去什么地方？”

“没有地方去，还是要走的。”

“这……这五百块钱，你收下吧。”文滔再一次将钞票塞在二婆手中，二婆还是不肯收受。

“不要担心，”二婆说，“我绝不会连日子也过不了的。”

文滔手里拿着钞票，呆望二婆，眼皮一合，那原已涌出眼眶的泪水终于沿着脸颊掉落。

“不要哭，文滔。”虽然嘴上这样说，二婆自己也止不住泪水流出。

提着藤箧，走到房门口，伸手握住门柄时，二婆极力遏止内心的激动：

“文滔，有两个重要的日子，你必须记住。你阿爸的忌日是阴历正月初八，你阿妈的忌日是阴历五月初四。”

文滔低着头，好像没有听到。二婆加重语气重复刚才讲过的话，扭转门柄时，忽然“哦”了一声。

“还有一件事，”她说，“你是很喜欢吃万年青的。过去，上海店常有万年青出售。这几年，没有这东西了。我煮给你吃的万年青都是我自己晾干的。我走后，就没有人弄给你吃了。不过，不要担忧。如果你想吃时，不妨自己动手晾。每年冬天，菜心最好。你可以去街市买几斤回来，用水煮熟后，晾在冲凉房里，晾三天三夜，干了，剪碎，放在玻璃瓶里，要吃时，拿一些出来，炒蛋煮汤都可以。不过，有一点必须记住，千万不要放在阳光底下晒！”

文滔掏出手帕拭泪。

二婆扭转门柄，拉开房门，刚走到门外，又转过身来，无

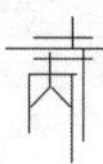

限依依地对文滔看看。

“你的气管不大好，”她抖声说，“初春与秋末要比别人多穿一件衣服！”

语音未完，提着藤箧走进客厅，好像被一个可怕的思念追逐着，走得特别快。那马太依旧坐在客厅里，板着脸孔，好像在生气。二婆走到她面前，将藤箧放在地上，打开，请她检查。马太扁扁嘴，伸手指指地板上的钞票：

“这是你的薪水，拿去吧！”

二婆只装没有听到，要马太检查她的藤箧。马太嗤鼻哼了一声，说是用不到查看。二婆拎着藤箧，一拐一瘸走出大门。

听到关门声，文滔仿佛被人砍了一刀似的叫起来：

“二婆！”

边嚷边奔，拉开大门，匆匆下楼，文滔的脚步疾似雨点。奔出大厦，就见到二婆提着藤箧冲过马路。“二婆！二婆。”他喊。马路上，来来往往的车辆很多，有点像游艺场里的旋转木马，令人看了眼花缭乱。“二婆，等一等，有话跟你讲！”他疾步追赶，差点儿被一辆汽车撞倒，惊悸的心情使他慌乱无主，睁大眼睛观看时，却听到有人大声呐喊：

“一个老太婆被货车撞倒了！”

但是文滔看得清清楚楚，二婆是自己撞向货车的。

一九六九年六月五日

下　辑

对　倒

一

一零二号巴士进入海底隧道时，淳于白想起二十几年前的事。二十几年前，香港只有八十多万人口；现在香港的人口接近四百万。许多荒凉的地方，变成热闹的徙置区。许多旧楼，变成摩天大厦。他不能忘记二十几年前从上海搭乘飞机来到香港的情景。当他上飞机时，身上穿着厚得近似臃肿的皮袍，下机时，却见到许多香港人只穿一件白衬衫。这地方的冬天是不大冷的。即使圣诞前夕，仍有人在餐桌边吃雪糕。淳于白从北方来到香港，正是圣诞前夕。长江以北的战火越烧越旺。金圆券的狂潮使民众连气也透不转。上海受到战争的压力，在动荡中。许多人都到南方来了。有的在广州定居，有的选择香港。淳于白从未到过香港，却有意移居香港。这样做，只有一个理由：港币是一种稳定的货币。淳于白从上海来到香港时，一美元可以兑六港元；现在，只可以

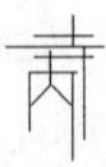

换到五点六二五。

二

旧楼的木梯大都已被白蚁蛀坏，踏在上面，会发生吱吱的声响。这些木梯，早该修葺或更换了。不修葺，不更换，因为业主已将这幢战前的旧楼高价卖给正在大事扩展中的置业公司。这是姨妈告诉亚杏的。亚杏的姨妈住在这幢旧楼的三楼，已有二十多年。亚杏与姨妈的感情很好，有事无事，总会走去坐坐。现在，走下木梯时，她手里拿着一只雪梨。这雪梨是姨妈给她的。亚杏走出旧楼，正是淳于白搭乘巴士进入海底隧道的时候。

拐入横街，嗅到一股难闻的臭气。这里有个公厕，使每一个在这条街上行走的路人必须用手帕或手掌掩住鼻孔。亚杏不喜欢这条横街，因为这条横街有公厕。每一次经过公厕旁边，总会产生这种想念：

“将来结婚，找房子，一定要有好的环境，近处绝对不能有公厕。”

三

巴士拐入弥敦道。淳于白见到一个女人。这个女人约莫四十岁，与二十年前的风度姿态完全不同。她不再是一个美丽的女人。虽然只是匆匆的一瞥，淳于白却清楚看出她的老态。她不再年轻了。她带着两个孩子在人行道上行走。如果没有在二十年前见过她的话，绝不会相信她曾经是一个美丽的女人。她有好几个名字。二十年前淳于白在一家小舞厅里认识她的时候，她有一个庸俗的名字，叫作“美丽”。一个美丽的女人不一定需要叫“美丽”。她并不愚蠢，却做了这样愚蠢的事。那时候，淳于白的经济情况并不好。那时候，大部分逃难到香港的人都陷于经济困境。美丽常常请淳于白到九龙饭店去吃消夜。淳于白想找工作。那时候，人浮于事的情形十分普遍。找不到工作，什么心思也没有。不再到舞厅去，不再见到美丽。他的情绪是在找到工作后才好转的。当他情绪好转时，他走去找美丽。美丽已离开那家舞厅。两年后，在渡海小轮上见到她。她不再叫作“美丽”了。她已嫁人。渡轮抵达港岛，分手。然后有一个相当长的时间互不知道对方的情形。当他再一次见到她时，她不但改了名，而且改了姓。淳于白是在一个朋友的派对上见到她的。她说她已离婚。那天晚上，他们玩到凌晨才离去。那天晚上，淳于白送她回家。那天晚上，淳于白睡在她家里。那天晚上，淳于白对她说：“下星期，我要到南洋去了。”过了一个星期，淳于白离开香港。这个一度将自己唤叫“美丽”的女人送他上飞机，还送了一件衣服给他。这件衣服是她自己缝

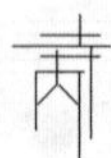

的。现在，淳于白还保存着那件衣服。那衣服已经旧了。淳于白舍不得丢掉。他是常常想到这个女人的。刚才，巴士在弥敦道上驶去时，又见到这个一度名叫“美丽”而现在并不美丽的女人。

四

亚杏见到那只胖得像只猪的黑狗摇摇摆摆走过来，走到水果店前，跷起一条腿，将尿撒在灯柱上。她是常常见到这只黑狗的。常常见到这只黑狗排尿。常常见到这只黑狗走来走去。事实上，展现在眼前的一切都是看惯了的。即使士敏土①的人行道上有一串鞋印，也记得清清楚楚。

五

巴士在弥敦道上疾驰。偶尔的一瞥，淳于白发现那幢四层的旧楼还没有拆除。弥敦道两旁，新楼林立，未拆卸的旧楼，为数不多。淳于白特别注意那幢旧楼，因为二十年前曾在那里炒过金。“二半……二七五……二半……二七五……三零……三二五……三半……三二五……”报告行情的声音，由麦克风传出，犹如小石子，一粒一粒掷在炒金者心中。

---

① 水泥早期叫作“士敏土”，是英语 cement 的音译。

对于炒金者的心理,淳于白比谁都熟悉。淳于白从上海来到香港时,托人汇了一笔钱来。那时候,上海的金融乱得一塌糊涂。金圆券的币值每一分钟都在变动,民众却必须将藏有的黄金缴出。淳于白没有缴出黄金,暗中将黄金交给一个香港商人,讲明到香港取港币。那时候,一根条子可换三千港币;淳于白只换得两千五。这当然是吃亏的,淳于白心里也明白。问题是,除了这样做,没有第二个办法可以将黄金汇到香港。长江以北的战局越来越紧,朋友见面总会用蚊叫般的声音说些这一类的话:

"你怎么样?"

"我怎么样?"

"不打算离开上海?"

"打算是有的;不过,事情并不简单。"

"到过香港没有?"

"没有。"

"许多人都到香港去了?"

"是的,许多人都到香港去了。"

上海是紧张的,整个上海的脉搏加速了。每一个人都知道徐蚌会战[①]的重要性。报纸上的新闻未必可靠;人们口头上传来传去的消息少有不添油加酱的。房屋的价格跌得最

① 徐蚌会战为国民党的称法,即指淮海战役。

惨,花园大洋房只值七八根大条子。有钱人远走高飞。有气喘病的人趁此到南方去接受治疗。淳于白原不打算离开上海的。有一天,一位近亲从南京来,在他耳边说了这么两句:“前方的情况不大好,还是走吧。”淳于白这才痛下决心,托朋友买了飞机票,离开谣言太多而气氛紧张的上海。初到香港,人地两疏。一个自称“老香港”的同乡介绍他们到九龙去租屋,三四百呎的新楼,除了顶手①还要鞋金②;除了租金还要上期。那时候,顶手是很贵的。那时候,租屋必须付鞋金。那时候,从内地涌来的“难民”实在太多。大部分新楼都是“速成班的毕业生”,偷工减料,但求一个“快”字。楼宇起得越快,业主们的钱赚得越多。那时候,九龙的新楼很多:都是四层的排屋,形式上与现在的摩天大楼有极大的区别。现在,港九到处是高楼大厦,所有热闹的地区都变成石屎丛林。淳于白刚才见到的那幢旧楼,显然是一个例外。这个“例外”,使淳于白睁着眼睛走入旧日的岁月里去了。那时候,因为找不到适当的工作,几乎每天走去金号做投机生意。现在,坐在巴

① 顶手,即顶手费。指租客与放租人交易时,后者要求除租金外要多交的一笔转让费。

② 鞋金,指在租金受管制的情况下,业主巧立名目,在租金以外收取的费用之一。例如一间一百平方呎的房,市值月租四千元,呎租四十元;市民叫贵,要求政府干预,每呎月租只可收二十元,即月租限制在两千元的水平。业主知道每月被政府削走两千元,两年租约合共失去四点八万元,便会千方百计取回这四点八万元,此即为鞋金。如今租管已撤销,鞋金亦不存在。

士里,居然产生了进入金号的感觉。依稀听到了报告行情的声音:“三半……三七五……四〇……四二五……”

六

女人都喜欢看服装。亚杏不是一个例外。当她见到一家照相馆橱窗里摆着一个穿着结婚礼服的木头公仔时,心就扑通扑通一阵子乱跳。那袭礼服是用白纱缝的,薄若蝉翼,很美。亚杏睁大眼睛凝视这袭礼服,有点妒忌木头公仔。“就算最丑陋的女人,穿上这种漂亮的礼服,也会美得像天仙。”她想。她睁大眼睛怔怔地望着那袭礼服,望得久了,木头公仔忽然露了笑容。木头公仔是不会笑的。那个穿着结婚礼服而面露笑容的女人竟是她自己。她面前的一块大玻璃突然失去透明,变成镜子。亚杏见到“镜子”里的自己,身上穿着白纱礼服,美得像天仙。

七

巴士停定。一种突发的冲动使淳于白跟随其他的乘客下车。不知道为什么这样做,却这样做了。

这是旺角。这里有太多的行人。这里有太多的车辆。旺角总是这样拥挤的。每一个人都好像有要紧的事要做,那

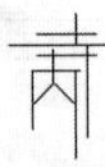

些忙得满头大汗的人,也不一定都是走去抢黄金的。百货商店里的日本洋娃娃笑得很可爱。歌剧院里的女歌星有一对由美容专家割过的眼皮。旋转的餐厅。开收明年月饼会。本版书一律七折。明天下午三点供应阳澄湖大闸蟹。虾饺烧卖与春卷与芋角与粉果与叉烧包……

八

照相馆隔壁是玩具店。玩具店隔壁是眼镜店。眼镜店隔壁是金铺。金铺隔壁是酒楼。酒楼隔壁是士多。士多隔壁是新潮服装店。亚杏走进新潮服装店,看到一些式样古怪的新潮服装。有一件衣服上面印着两颗心。有一套衣服印着太多的"I LOVE YOU"。亚杏对这套印着"I LOVE YOU"的衣服最感兴趣。"阿妈不识英文,"她想,"买回去,阿妈一定不会责怪的。这套衣服,穿在身上,说不定会引诱不相识的男人与我讲话。"截至目前为止,她还没有一个男朋友,当她走出那家新潮服装店时,心里有一种莫名其妙的感觉。说是高兴,倒也有点像惆怅。新潮服装店隔壁是石油气公司。石油气公司隔壁是金铺。金铺隔壁是金铺。金铺隔壁仍是金铺。

站在金铺的橱窗前,眼望双喜字,幻想自己结婚时的情景,那是一家港九最大的酒楼,可以摆两百多席。墙上挂着大双喜的金字幛。前边是一只红木长几。几上有一对龙凤花烛。烛的火舌不断往上舔。她与新郎坐在几前的大圆桌边。新郎很英俊,有点像柯俊雄,有点像邓光荣,有点像李小龙,有点像狄龙,有点像阿伦狄龙。

凌乱的脚步声,使她从幻想中回到现实。一个长发青年飞步而来,撞了她一下,她的身子失去平衡,只差没有跌倒。一时的气愤,使她说了一句非常难听的话语。这是一句俚俗的咒骂,出口时,那青年已无影无踪。邻近起了一阵骚乱,一若平静的湖面忽然被人投了一块大石。虽然不知道这是怎么一回事,见到警察,心情不免有点惊悸。警察将脚步搬得像旋转中的车轮,手里有枪。当警察从她面前擦过时,她的愤怒骤然变成惶悚。她的眼睛睁得很大。眼睛里充满惊诧神情。不知道什么地方传来这么一句话:"有人打劫金铺!"——惶悚加上震悸使心跳停了一拍。然后心跳加速,咚咚咚,像一只握成拳头的手在她的内脏乱击。周围的人都很慌张。亚杏也很慌张。亚杏有点手足无措。理智暂时失去应有的清醒,感受麻痹,想离开这出了事的现场,两条大腿却不肯依照她的意志移动。她只是呆呆地站在那里。两个男人站在距离她不过三呎的地方大声谈话。"真大胆!""只有一个人?""一把西瓜刀与一块大石头,用西瓜刀朝金铺店员晃了晃,用石头打破饰柜,就抢走了几万块钱首饰!""几万块钱?""有人亲眼看见的,那劫匪只抢钻石与翡翠。""真大

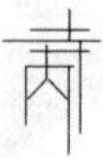

胆!”“只要有胆量,不必盼望中马票。”亚杏转过脸去一看,两个男子中间的一个手里拿着一根竹竿,上边用衫夹夹了许多马票,他是一个贩售马票的人。

九

淳于白继续朝前走去。行人道上有太多的行人,旺角的街边总会有太多的行人。有一个冒失鬼犹如舞龙灯般在人堆中乱挤,踩痛了一个女人的脚,女人惊叫,他却用手掌掩着嘴巴偷笑。

站在一家眼镜店门前,将那些古老的眼镜架当作艺术品来欣赏。“几年前,我是不戴眼镜的,”他想,“现在,不但看电影要戴眼镜,阅读书报时还要戴老花眼镜……”他的思路被两个人的谈话声打断。那是两个中年男子,一个胖,一个瘦。胖子神色紧张,说话时,眼睛睁得大大的,像桂圆。

“你知道不知道?”

“什么?”

“那边有一家金铺被匪徒打劫。”

“有没有捉到匪徒?”

“匪徒抢了一批首饰,从人堆中逃走了。”

“金铺损失多少?”

“据说损失了几万块钱首饰。”

"有人受伤吗?"

"好像没有。"

"香港的治安实在太坏了。"

胖子长叹一声,瘦子也长叹一声。胖子说"再会",瘦子也说"再会"。胖子朝南走去,瘦子朝北走去。

淳于白朝前走去,见到一只黑狗。这黑狗胖得像猪,摇摇摆摆走过来,走到巴士站旁边,跷起一条腿,将尿排在银色栏杆上。一个妇人的皮鞋被尿淋到了,板着面孔厉声赶走它。淳于白目击这一幕,不自觉地露了笑容。他想起一只名叫"玛丽"的狮子狗与一只名叫"来兴"的狮子狗。当他还在中学读书的时候,他家里养过一对狮子狗。后来,玛丽死了,来兴也死了。他的家里却有了五只狮子狗。他离开上海时,五只狮子狗还围在他的身边狂吠乱跳……

他走到一家服装店门前。

十

惊悸的心情消失后,亚杏迈开脚步朝前走去;望望那一堆围作一团的人群,望望人群中间那根有如雨伞般的马票杆。马票,在风中飘呀飘的。那贩售马票的中年男子仍在讲述他目击匪徒抢劫金铺的情形。他的声音很大。没有人向他购买马票。亚杏想:"中了马票之后,买三层新楼;两层在

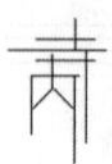

旺角区,一层在港岛的半山区。我与阿妈住在港岛;旺角的两层交给阿爸收租。"——亚杏的父亲是个莫名其妙的人,中午出街,总要到深夜才回来。没有人知道他在外边做什么,连亚杏与她的母亲也不知道。

走到那家被劫的金铺门前,亚杏站定。许多人站在那里观看。金铺的铁闸拉下一半。亚杏看不到里边的情形,索性蹲下身子。虽然看到几条大腿在移动,却不知道那些人在里边做什么。警察走来维持秩序,不许闲观的人接近被劫的金铺。闲观的人都在谈论这件事,七嘴八舌,每一个人都将嗓子提得很高,企图凭借声调去压服别人。

在她前面,是一对年轻男女。男的用左臂围住女的肩膀;女的用右手臂圈住男的腰部。

"有一天,我有了男朋友,也要用这种姿态在街边或公园或郊外行走。"她想,"到什么地方去找男朋友?我为什么交不到男朋友?楼下士多的伙计亚财常常对我笑,我不喜欢他。他的牙齿凹凹凸凸,长长短短,很难看。他有一只酒糟鼻,很难看。他的太阳穴有一块瘢疤,很难看。我要找的男朋友,必须像电影小生那样英俊。"

走了一阵,她见到一个年轻男子,瘦瘦高高,长头发,穿了一条"真适意"牌的牛仔裤,右手插在裤袋里。裤子是蓝色的。裤袋却是红方格的。亚杏盯着他观看,再也不愿将视线移到别处。那年轻男子用牙齿咬着一支细长的香烟。

亚杏走到他身边,望望他。

他转过脸来,望望亚杏。

使亚杏感到失望的是:这个用牙齿咬着香烟的年轻男子,不但没有对她多看一眼,反而大踏步穿过马路去了。亚杏望着他的背影,仿佛被人掴了一巴掌似的。她希望疾驰而来的军车将他撞倒。

继续沿着弥敦道走了一阵,忽然感到这种闲荡并不能给她什么乐趣,穿过马路,拐入横街,怀着沉甸甸的心境走回家去。横街有太多的无牌小贩,令人觉得这地方太乱。亚杏低着头,好像有了什么不可化解的心事了。其实,那只是一种无由而生的惆怅。她仍在想着那个用牙齿咬着香烟的男子。她固执地认为年轻男子应该留长头发、应该穿“真适意”的牛仔裤、应该将右手塞在裤袋里、应该用牙齿咬着香烟。她希望能够嫁给这种男子。这样想时,已走到距离家门不足一百步的地方。她见到地上有一张照片。

十一

凝视镜子里的自己,淳于白发现额角的皱纹加深了,头上的白发增加了。那是一家服装店,橱窗的一边以狭长的镜子作为装饰。淳于白凝视镜子里的自己,想起了年轻时的事情。

十二

亚杏见到那张照片，不能没有好奇。将照片拾了起来，定睛一瞧，心就扑通扑通一阵子乱跳。那是一张猥亵的照片。照片上的情形，是亚杏想也不敢想的。她知道这是邪恶的东西。带回家去，除非不给父母见到，否则，一定会受到责骂。她想："将它撕掉吧。"但是，她很好奇。对于她，那张照片是刺激的来源，多看一眼，心里就会产生一种难以描摹的感觉。"何必撕掉？"她想，"将来结了婚，也要做这种事情的。"她将照片塞入手袋。走入大厦，搭乘电梯上楼。回到家，才知道母亲在厨房里。于是，拿了内衣内裤走入冲凉房，关上房门，仔细观看那张照片，羞得满面通红，热辣辣的。她脱去衣服，站在镜前，睁大眼睛细看镜子里的自己。

十三

凝视镜子里的自己，淳于白想起一些旧日的事情：公共租界周围的烽火、三只轰炸机飞临黄浦江上轰炸"出云号"的情景、四行孤军、变成孤岛的上海、孤岛上的许多暗杀事件。然后太平洋战争突然爆发，日本坦克在南京路上疾驰。

十四

亚杏照镜时，总觉得自己的脸形很美，值得骄傲。也许这是一种自私心理，只要有机会站在镜前，总会将自己的美丽当作艺术品来欣赏。她不大理会别人对她的看法。

当她仔细端详镜子里的自己时，觉得自己比陈宝珠更美，没有理由不能成为电影明星。

当她仔细端详镜子里的自己时，觉得自己比姚苏蓉更美，没有理由不能成为红歌星。

她就是这样一个少女，每次想到自己的将来，总被一些古怪的念头追逐着，睁大眼睛做梦。在此之前，脑子里的念头虽然不切实际，却是无邪的；现在，看过那张拾来的照片后，脑子里忽然充满肮脏的念头。她想象一个有点像柯俊雄，有点像邓光荣，有点像李小龙，有点像狄龙，有点像阿伦狄龙的男人也在这间冲凉房里。这间冲凉房里，除了她与“那个男人”，没有第三个人。这样想时，一种挤迫感，仿佛四堵墙壁忽然挤拢来，一若武侠电影中的机关布景。她的面孔红得像烧红的铁，皮肤的里层起了一阵针刺的感觉，心跳加速，内心有火焰在燃烧。她做了一个完全得不到解释的动作：将嘴唇印在镜面上，与镜子里的自己接吻。

对于她，这是一种新鲜的刺激。第一次，她有了一个爱

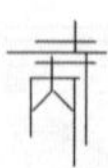

人。这个爱人竟是她自己。

不敢对镜子里的自己多看一眼，也不敢再看那张拾来的照片，仿佛旧时代的新娘那样，纵有好奇，也没有勇气对从未见过面的新郎偷看一下。她忽然认真起来了，竭力转换思路，认为应该想想陈宝珠与姚苏蓉了。在她的心目中，陈宝珠与姚苏蓉是两个快乐的女人。

进入浴缸，怔怔地望着自己的身体。这是以前很少有的动作，她只觉得女人脸孔是最重要的。那张照片给她的印象太深，使她对自己的体态也有了好奇。她年纪很轻；脸上的稚气尚未完全消失。对于她，这当然不是一个发现；可是，认真地注意自己的体态时，有点惊诧。

将肥皂擦在身上，原是一种机械的动作。当她用手掌摩擦皮肤上的肥皂时，将自己的手当作别人的手。

她希望这两只手是属于“那个男人”的。那个有点像柯俊雄，有点像邓光荣，有点像李小龙，有点像狄龙，有点像阿伦狄龙的男人。

半个钟头之后，她躺在卧房里，两只眼睛直勾勾地望着天花板。她应该将那张照片掷出窗口的，却没有这样做。她将它塞在那只小皮箱的底层。

楼下那家唱片公司，此刻正在播送姚苏蓉的《爱你三百六十年》。

十五

镜子里的他，仿佛变成另外一个人了。淳于白对那面镜子继续凝视几分钟后，不敢再看，继续朝前走去。虽然人行道上黑压压地挤满行人，他却感到了无比的孤寂。——见到门饰充满南洋味的餐厅时，推门而入。

餐厅是狭长的，面积不大，布置得相当现代化。墙壁糊着深蓝色的墙纸，灯光黝黯。食客相当多，淳于白却意外地找到一个空着的卡位。坐定，向伙计要一杯咖啡。他见到一个年轻男子从门外走进来，瘦瘦高高，长头发，穿了一条“真适意”的牛仔裤，右手插在裤袋里。裤子是蓝色的，裤袋却是红方格的，牙齿咬着一支细长的香烟。进门后，那男子站在门边睁大眼睛找人。淳于白旁边有一只小圆桌。小圆桌旁边坐着一个年轻女人。这个年轻女人穿着长短袖的新潮装，牛仔裤的裤脚好像用剪刀剪开的。

用牙齿咬着细长香烟的男子走到这个女人面前，拉开椅子坐下。

“肥佬走了？”年轻男子将话语随同烟雾吐出。

“走了半个钟头。”女人用食指点点面前那杯咖啡，“这是第三杯！”

那年轻男子依旧用牙齿咬着细长香烟，脸上一点表情也没有。

“拿到没有?”他问。

“只有五百。”

“肥佬不是答应拿一千给你的?”

“他说:赌外围狗[①]输了钱。”

年轻男子脸上出现怒容,连吸两口烟,将长长的烟蒂揿熄在烟灰碟中。当他再一次开口时,话语从齿缝中说出:

“他答应拿一千给你的!”

“有什么办法?他只肯给五百。”女人的语气也有点愤怒;不过,脸上的神情却好像在乞取怜悯。

“对付肥佬那种家伙,你不会没有办法。”

“钱在他的袋中,我不能抢。”

年轻男子霍地站起,低头朝外急走。那女人想不到他会这样的,忙不迭追上前去,却被伙计一把拉住。她问:“做什么?”伙计说:“你还没有付钱。”女人打开手袋,掏了一张十元的钞票,不等找赎,大踏步走出餐厅。淳于白望着那个女人的背影,不自觉地露了一个似笑非笑的表情。然后注意力被一幅油画吸住了。那幅油画相当大,两呎乘三呎左右,挂在糊着墙纸的墙壁上。起先,淳于白没有注意到那幅画;偶然的一瞥,使他觉得这幅画的题材相当熟悉。那是巴刹[②]的

---

① 外围狗,赛狗的外围赌博形式。当年主要是透过娱乐场所(如酒吧)收受赌注的。

② 巴刹,指市场、集市,马来文 pasar 的音译。专家考证 pasar 这个词源自波斯文。

一角。印度熟食档边有人在吃羊肉汤——热带鱼贩在换水——水果摊上的榴梿——提着菜篮眼望蔬菜的老太婆——斗鸡——湿地——凌乱中显示浓厚的地方色彩。这是新加坡的巴刹。淳于白曾经在新加坡住过。住在新加坡的时候,常常走去巴刹吃排骨茶。尤其是星期日,如果不走去蜜驼律①吃鸡饭的话,就会走去巴刹吃排骨茶。

现在,他听到姚苏蓉的歌声了。姚苏蓉,一个唱歌会流泪的女人。当她公开演唱时,有人花钱去听她唱歌;有人花钱去看她流泪。这是一个缺乏理性的地方,许多人都在做着不合理性的事情。流泪成为一种表演,大家都说那个女人唱得好。

坐在上海舞厅里听吴莺音唱《明月千里寄相思》,与坐在香港餐厅里听姚苏蓉唱《今天不回家》,心情完全不同。心情不同,因为时代变了。淳于白怀念的那个时代已过去。属于那个时代的一切都不存在了。他只能在回忆中寻求失去的欢乐。但是回忆中的欢乐,犹如一帧褪色的旧照片,模模糊糊,缺乏真实感。当他听到姚苏蓉的歌声时,他想起消逝了的岁月。那些消逝了的岁月,仿佛隔着一块积着灰尘的玻璃,看得到、抓不着。看到的种种,都是模模糊糊的。

一个脸色清癯的瘦子带着一个七八岁的男童走进来。

---

① 蜜驼律,英文即 Middle Road,中译为蜜驼路。“律”是英文 road(路)的音译。

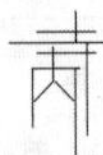

起先,他们找不到座位;后来,淳于白旁边那只小圆台边的食客走了,他们占得这个位子。

“我要吃雪糕。”男童说。

“不许吃雪糕。”瘦子说。

“我要吃雪糕!”男童说。

“不许吃雪糕!”瘦子说,“你喝热鲜奶!”

“我要喝冻鲜奶。”男童说。

“不许喝冻鲜奶。”瘦子说。

“我要喝冻鲜奶!”男童说。

“不许喝冻鲜奶!”瘦子说。

瘦子向伙计要了热鲜奶与雪糕。他自己吃雪糕。男童忍声饮泣,用手背擦眼。

“不许哭!”瘦子的声音很响。

“我要阿妈!”男童边哭边说。

“到阴间去找她!”瘦子的声音依旧很响。

“我要阿妈!”男童边哭边说。

“你去死!”瘦子的声音响得刺耳。

好几个食客的视线被瘦子的声音吸引过去了。瘦子不知。那个用手背擦眼的男童也不知。

“我要吃雪糕!”男童边哭边喊。

“不许吃雪糕!”瘦子恶声怒叱。

“我要喝冻鲜奶!”男童连哭带喊。

“不许喝冻鲜奶!”瘦子恶声怒叱。

“我要阿妈!”男童连哭带喊。

“你去死!”瘦子的声音响得刺耳。

男童放声大哭。瘦子失去了应有的耐性,伸出手去,在男童头上重重打了一下。男童大哭。哭声像拉警报。瘦子怒不可遏,站起,将一张五元的钞票掷在台上,抓住男孩的衣领,用蛮力拉他。男童蹲在地上,不肯走。瘦子脸色气得铁青,睁大怒眼对男童呆望片刻,忽然松手,大踏步走出餐厅。男童急得什么似的,站起身,追了出去。这时候,伙计将一杯雪糕与一杯热鲜奶端了出来,发现瘦子与男童已不在,有点困惑。

“走了。”淳于白说。

“走了?”伙计问。

“桌上有五块钱。”淳于白说。

伙计耸耸肩,拿走五块钱,交给柜面,然后将雪糕与鲜奶端到里边去。

四个上海女人在口沫横飞地谈论楼价。她们谈话时声音很大,别人也许听不懂,淳于白却听得清清楚楚。甲女正在讲述排队买楼的经过。她说:“天没有亮,我就去排队了。排了几个钟头,还是买不到。”乙女说:“我的姨妈,去年在湾仔买了五层新楼,每层两三万,现在每层涨到十几万。”丙女说:“楼价为什么涨得这么高?”甲女耸耸肩:“谁知道?”丁女

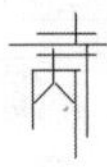

说:“九龙有一个地方出售楼花,有人连面积与方向都没有弄清楚,一下子买了十层。”乙女说:“香港真是一个古怪的地方,有些人什么事情都不做,单靠炒楼,就可以得到最高的物质享受。”丁女说:“依我看来,炒楼比炒股票更容易发达。”甲女说:“对,你讲得很对。炒楼比炒股票更容易发达。股票的风险比炒楼大,股票涨后会跌,跌后会涨;但是目前的楼宇只会涨,不会跌。”丙女说:“话虽如此,现在的楼价已经涨得很高了。港岛半山区的楼宇,涨到几十万一层,即使普普通通的,也要二十万以上。”甲女说:“楼价还会上涨的,香港地小人多。住屋的问题,一直没有彻底地解决。”甲女说:“楼价涨得越高,买楼的人越多!……

淳于白点上一支烟。

十六

亚杏躺在床上,凝视天花板。楼下那家唱片公司已经播送过很多张唱片了。大部分是姚苏蓉的唱片。“做了红歌星之后,”她想,“不但每个月可以赚一万几千,而且会有许多男人追求我。……许多男人。……许多像柯俊雄、像邓光荣、像李小龙、像狄龙、像阿伦狄龙那样英俊的男人追求。……这些男人会送大钻戒给我。这些男人会送大汽车给我。这些男人会送大洋楼给我。这些男人会送很多很多东西给我。……”

凝视天花板,天花板忽然出现聚光灯的照明圈。在这个照明圈中,一个浓妆艳服的女人手里拿着麦克风,在唱歌。这个女人长得很美。她的背后有几个菲籍洋琴鬼在吹奏流行音乐。奏的是《郊道》。亚杏很喜欢《郊道》这首歌的调子,她也会唱。有时候,全层楼只剩她一个人,就会放开嗓子唱《郊道》。她的《郊道》唱得不错。这个忽然出现在天花板上的女人也唱得不错。她有点好奇,仔细察看,原来那个拿着麦克风唱歌的人,正是她自己。

虽然从未有过醉的经验,却产生了醉的感觉。她是非常流连那种景象的,睁大眼睛,久久凝视天花板。天花板上的场景忽然转换了,一若舞台上的转景。那是一间布置得非常现代化的卧房。这种卧房,只有在银幕上才能见到。床很大,地板铺着地毯,四壁糊着鲜红夺目的墙纸,窗帘极美。所有家具都是北欧产品。那只梳妆台的式样很别致,梳妆台上放着许多名贵的化妆品。她坐在梳妆台前,细看镜子里的自己。镜子里,除了她之外,还有一个男子。那男子站在她背后。那男子长得很英俊,有点像柯俊雄,有点像邓光荣,有点像李小龙,有点像狄龙,有点像阿伦狄龙。那男子在笑。那男子在她耳边说了一些甜得像蜜糖般的话语。那男子送她一只大钻戒。不知道怎么一来,天花板上出现许多水银灯,那是摄影场。刚搭好的布景与现实鲜明地分成两种境界:假

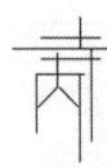

的境界极具美感,真的反而杂乱无章。导演最忙碌。小工们则散在各处。摄影机前有两个年轻人:男的有点像柯俊雄,有点像邓光荣,有点像李小龙,有点像狄龙,有点像阿伦狄龙。女的就是她。

“红歌星的收入也许比电影明星更多;但是,电影明星却比红歌星更出风头。”她想,“一部电影可以同时在十个地区公映,可以同时在一百家戏院公映。”

她见到十个自己。

她见到一百个自己。

天花板变成银幕。她在银幕上露齿而笑。她的笑容同时出现在十个地区,同时出现在一百家戏院的银幕上。

眼睛。眼睛。眼睛。眼睛。数不清有多少眼睛凝视她的笑容。这时候,楼下唱片公司又在播送姚苏蓉的《今天不回家》了。她也会唱《今天不回家》。她觉得做一个电影明星比做一个歌星更出风头。天花板上有许多画报。天花板上有许多报纸。香港映画。银色世界。南国电影。嘉禾电影。星岛画报。四海周报。星岛晚报。快报。银灯。娱乐新闻。成报。明报。每一种画报都以她的近影做封面。

母亲走进卧房来拿剪刀,脚步声使她突然惊醒。今晚吃饭时,将有一碗豆腐炒虾。那些虾,下锅之前,必须用剪刀剪一下。

“什么时候吃晚饭?”亚杏问。

"七点。"母亲答。

"七点半,行不行?"

"为什么?"

"我要去看电影。"

"五点半那一场?"

"是的,五点半那一场。"

十七

淳于白昂起头,将烟圈吐向天花板。他已吸去半支烟。当他吸烟时,他老是想着过去的事情。有些琐事,全无重要性,早被压在底下,此刻也会从回忆堆中钻出,犹如火花一般,在他的脑子一瞬即逝。那些琐事,诸如上海金城戏院公映费穆导演的《孔夫子》、贵阳酒楼吃娃娃鱼、河池见到的旧式照相机、乐清搭乘帆船漂海、龙泉的浴室、坐黄包车从宁波到宁海之类……这些都是小事,可能几年都不会想起;现在却忽然从回忆堆中钻了出来。人在孤独时,总喜欢想想过去,将过去的事情当作画片来欣赏。淳于白是个将回忆当作燃料的人。他的生命力依靠回忆来推动。

他想起了第一次吸烟的情景。那时候,二十刚出头,独个儿从上海走去重庆参加一家报馆工作。有一天,在大老鼠乱窜的石级上,一个绰号"老枪"的同事递了一支"主力舰"

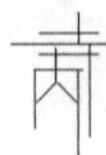

给他，烟叶是用成都的粉纸卷的，叼在嘴上，嘴唇就会发白。淳于白第一次吸香烟，呛得上气不接下气。那同事说：“重庆多雾，应该吸些香烟。”

给记忆中的往事加些颜色，是这几年常做的事。

邻座一个食客已离去，留下一份报纸。淳于白闲着无聊，顺手将那份报纸拿过来翻阅。电讯版大都是越战新闻；港闻版大都是抢劫新闻。这些新闻已失去新鲜感，使淳于白只好将注意力转在电影广告上。当他见到邻近一家电影院公映的新片正是他想看的片子，他吩咐伙计埋单。

十八

站在唱片公司门前，亚杏看到了许许多多唱片。每一张唱片纸套上印着歌者的彩色照片。亚杏很喜欢这些唱片，也很喜欢这些唱片的歌者。姚苏蓉、邓丽君、李亚萍、尤雅、冉肖玲、杨燕、金晶、贝蒂、钟玲玲、钟珍妮、徐小凤、甄秀仪、潘秀琼……

凝视这些彩色照片时，亚杏忽然见到了自己。那是一张唱片的纸套，与别的唱片纸套排列在一起。那张唱片名叫《月儿像柠檬》。纸套用彩色精印歌者的照片。歌者星目朱唇，美到极点。仔细端详，竟是她自己。这是一件难以置信的事情，然而她却见到了自己的唱片。她一直喜欢唱《月儿像柠檬》。她觉得这首歌的歌词很有趣。月亮像柠檬。一个像柠檬的月亮。这种意象,亚杏从未产生过。每一次抬头望圆月,总觉得月亮像一盏大灯。有了这首歌之后,她一再强迫自己将月亮与柠檬联在一起。她觉得自己最适宜唱这首歌,而且唱得很好。现在,在那些唱片堆中发现了一张由她唱出的唱片,又惊又喜,不自觉地跨入店内。站在柜台前,对自己的视觉全无怀疑。她伸出手去,将那张唱片拿到眼前一看,冷水浇头。那是赵晓君唱的《月儿像柠檬》。纸套上的彩色照片是赵晓君,不是她。

"唱给你听听?"店员的话打断她的思路。

她放下唱片,掉转身,仿佛逃避魔鬼的追逐似的,疾步走出唱片公司。

穿过马路,走向弥敦道。她想:"有一天,唱片公司会请我灌唱片的。"

突如其来的刹车声,使她吓了一跳。一辆汽车将一个妇人撞倒。

警察来了。

在汽车司机协助下,将受了伤的妇人抬到街角。这时候,妇人睁开眼来了。亚杏跟随人潮走到街边,见妇人已睁开眼睛,释然舒口气。

妇人仍在流血。警察拿了粉笔走入马路中心,将车子的位置与车牌号码写在路面。警察做好这些工作后,司机将车

子驶在路旁。那些被阻塞的车辆开始行驶了。交通恢复常态。

十九

交通恢复常态时,淳于白站在对街。好奇心虽起,却没有穿过马路去观看究竟。他只是站在银色栏杆旁边,看警察怎样处理这桩突发的意外事件。三十几年前,当他还在初中读书的时候,在回家的途中,见前面有一辆电车即将到站,飞步横过马路,鞋底踩在路面的圆铁上,仰天跌了一跤。接着是刺耳的刹车声,知觉尽失。当他苏醒时,有人在厉声骂他:"想寻死,也不必死在马路上!"——他用手掌压在地面支撑起身体,想迈开脚步,两条大腿仿佛木头做的。

现在,当他见到那个妇人被汽车撞倒时,视线落在对街,脑子却在想着三十几年前发生过的事情。"死亡并不是一件可怕的事情。"他想。三十几年前,他曾经在死亡的边缘体验过死亡的情景。

救伤车来到,使这出现实生活中的戏剧接近尾声。

二十

这出现实生活中的戏剧已接近尾声。亚杏抬起头来,顺着警笛声的来处望过去。警笛声虽然响得刺耳,但是,救伤车的速度并不快。

救伤车在伤者旁边停下。两个男护士抬着担架床走过来，先察看妇人的伤势，然后用担架床抬入救伤车。

亚杏低下头，看看腕表，离开场的时间还有十分钟。如果她想看那场电影的话，就不能浪费时间了。她迈开脚步，朝电影院走去。

二十一

淳于白轮购戏票时，亚杏走入戏院。虽然有些海报极具吸引力，亚杏见售票处有人龙，不敢浪费时间，立即走去排队。“必定是一部好电影，要不然，怎会有这么多的观众？”她想，“那男主角长得很英俊。”

二十二

“那女主角长得很漂亮，有点像年轻时的凯伦·希丝[①]。”淳于白的视线落在海报上。电影海报总是那样俗气的。“不过，女主角的容颜端庄中带些甜味，”他想，“凯伦·希丝主演《天长地久》[②]时，既端庄，又美丽，非常可爱。这部

---

① 凯伦·希丝今通译海伦·海丝。

② 电影《天长地久》今通译《永别了，武器》。

电影的女主角与年轻的凯伦·希丝很相似。”——想着三十年代的凯伦·希丝，不知不觉已挤到售票处。座位表上的号码，大部分已被红笔划去。淳于白见前排还有两个空位：“G46”与“G48”。后者是单边的，虽然距离银幕比较近，也算不错了。他伸出手指，点点“G48”，付了钱。售票员收了钱，用红笔将“G48”划掉，然后在戏票上写了“G48”，撕下，递予淳于白。淳于白望望海报上的女主角，怀着轻松的心情走入院子。带位员引领他到座位，坐定。他抬头一望，银幕上正在放映一种香烟的广告。

二十三

亚杏排在人龙中，见人龙越排越长，唯恐买不到戏票，有点焦躁不安。望望贴在墙上的海报，她想：“男主角长得英俊，有点像阿伦狄龙。如果不是因为男主角的叫座力强，就不会有这么多的人走来看这部电影了。”——视线一直落在男主角的脸上，仿佛男主角的脸是一件精致的艺术品。

排在亚杏前头的那个男子瘦得很，面孔清癯，呈露着病态的苍白。他的身边有一个男童。那男童的眼睛，红红肿肿，显然哭过了。

“我要吃雪糕。”男童说。

“刚才，在餐厅的时候，要不是因为你吵着要吃雪糕，我也不会发那样大的脾气。”瘦子的语气中含有显明的谴责意味，“刚才，雪糕也没有吃，热鲜奶也没有吃，白白送掉五块钱！”

“我要吃雪糕！”男童说。

“不许吃雪糕！”瘦子恶声怒叱，“再吵，就不带你看电影了！”

“我不要看电影，我要吃雪糕！”男童说。

“你又来了，可别惹我生气！”瘦子脸上的颜色白中带青。

男童侧转身子，睁大眼睛望着糖果部。那糖果部前面挤着七八个人，其中五六个是购买雪糕的。

“我要吃雪糕！”男童对瘦子说。

“不许吃雪糕！”瘦子恶声怒叱。

“我要阿妈！”男童又哭了。

“你去死！”瘦子的声音好像在跟什么人吵架。

男童听了瘦子的话，“哇”地放声大哭。这哭声引起许多人的注意。瘦子感到窘迫，所以恼怒。当他恼怒时，再也不能保持理智的清醒。在不受理性的控制下，他伸出手去，在男童头上重重打了一下。男童哭得像拉警报。瘦子抓住男童的衣领，将他拉出戏院。这一幕就在亚杏眼前上演，亚杏不能不对那个男童寄予同情了。“一个没有母亲的孩子，是无法从父亲处得到母爱的。”她想。过了三四分钟，轮到亚杏购买戏票。座位表上，画满红线，使亚杏有点眼花缭乱，找不到一个未被红笔划去的空格。那售票员不耐烦地用那支红

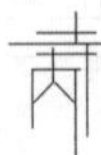

笔点点“G46”,意思是:“这里有一个空位”。亚杏见空位不多,只好点点头,将钱交给售票员。

拿了戏票,走入院子。带位员引领她到座位。

二十四

她与淳于白并排而坐。

二十五

淳于白转过脸来望望她。

亚杏也转过脸去望望他。

淳于白想:“长得不算难看,有点像我中学里的一个女同学。那女同学姓俞,名字我已忘记。”

亚杏想:“原来是一个老头子,毫无意思。如果是一个像柯俊雄那样的男人坐在旁边,就好了。”

银幕上映出预告片,一个体态美丽的女人,赤裸着身子在卧室里走来走去。然后是衣柜的长镜。长镜里是一只床的映像。床上有一对男女。然后是一块不透明的玻璃。玻璃里边是浴室,一个女人站在花洒下面洗澡。然后是字幕:“划时代巨构”,“切勿错过”,“奉谕儿童不宜观看”,“下期在本院隆重献映”。然后又是广告。当一种威士忌的广告出现在银幕上的时候,院子里顿时嘈杂起来。这种嘈杂使淳于白与亚杏同时意识到刚才的预告片曾经使全院子的观众屏息凝神。现在,银幕上再出现广告时,大家的情绪才由紧张转为松弛。

淳于白想:“既然儿童不宜观看,怎么可以在这部片子之前放映这种预告片?这部片子并不禁止儿童观看,但是,许多儿童看了刚才那段预告片。”

亚杏想:“这只老色狼刚才看预告时,头也没有动过;现在,又转过脸来看我了,真讨厌!”

二十六

银幕上出现女主角与男主角结婚的情景。亚杏神往在剧情中,陷于忘我的境界。虽然视线并没有给什么东西搅模糊,她却见到银幕上的女主角变成她自己了。她很美。她与男主角并排站在牧师的前面。牧师手里拿着一本圣经,叽里咕噜读了一大段。亚杏听不懂他在读些什么。即使不将注意力集中在自己身上那袭新娘礼服上,也听不懂。那袭新娘礼服,与刚才在服装店的橱窗里看到的完全一样。木头公仔穿的那袭新娘礼服用白纱缝成,薄若蝉翼。她认为:就算最丑陋的女人穿上这种礼服,也会美得像天仙。何况,她长得一点也不丑。穿上这种衣服,当然有资格与这部电影的男主

角结婚,她觉得银幕上的自己很美。尤其是换戒指的时候,羞答答的,非常可爱。

二十七

银幕上出现女主角与男主角结婚的情景。淳于白想起自己结婚时的情景,礼堂是长方形的。墙壁上挂满喜幛。几十桌酒席。每一桌酒席边坐着穿得整整齐齐的亲友。气氛很热烈。每一个人都相信这是一件快乐的事情。淳于白相信这是快乐生活的开始,新娘也相信这是快乐生活的开始。所有的亲友都相信幸福与快乐的种子已播下。所有的婚礼都是这样的。现在,当他见到男女主角在银幕上表演结婚时,忍不住笑了起来。这原是一件可笑的事。银幕上的一对新人喜气洋洋地奔出教堂,他笑出声来。

二十八

他的笑声使亚杏从一个梦样的境界中回到现实。银幕上的女主角已不是她了。她转过脸去,用憎恶的目光注视淳于白。“简直是一只老色狼,”她想,“见到人家结婚,就笑成这个样子。这场结婚戏,一定使他转到了许多龌龊的念头,要不然,怎会发笑?只有色狼才会这样的。”

二十九

银幕上映出“完”字时，亚杏站起身，随着人群走出戏院。

三十

随着人群走出戏院，淳于白在亚杏后边。

三十一

走出戏院，亚杏朝南走去。

三十二

淳于白朝北走去。当他朝北走去时，他见到一个男子手里拿着一根竹竿，上边用衫夹夹了许多马票。在马票中间，有一张红纸条。纸条上面写着“横财就手”四个字。他没有掏出两块一角去购买廉价的美梦，却因此想起了一件往事。那是二十年前的事了。那时候，他喜欢赌马。那时候，“空中霸王”是快活谷的马王。那时候，“黑先生”是最受马迷欢迎的骑师。那时候，公众棚的入场券只售三元。那时候，公众

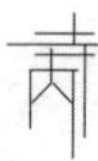

棚还没有改建。但是，那时候的马票每张也售两元。物价狂涨，马票的售价不涨。二十年前，中头奖的人可以独资建一幢新楼；现在，中了头奖，买山顶区一个单位的复式新楼也不够。……想呀想的，走到了巴士站。他打算回港岛去吃晚饭。

三十三

亚杏穿过马路，走回家去。当她经过一家酒楼门口时，对几张歌星的照片瞅了一下。“有一天，我的照片也会贴在这里的。”她想，“做歌星并不是一件困难的事情。我会唱歌。我长得并不难看。我为什么不能变成一个红歌星？”

三十四

站在巴士站，淳于白感到饥饿。

三十五

亚杏走进大厦，士多的伙计亚财提着一只竹篮疾步追上前来。那竹篮里放着二三十瓶鲜奶。亚财总是在这个时候到上面去派鲜奶的。

等电梯的时候，亚财对亚杏露了阿谀的笑容。当他发笑时，脸相更加难看。

亚杏不笑。

亚杏讨厌亚财。

亚财很丑：酒糟鼻，葫芦脸，太阳穴上还有个瘢疤。

每一次见到亚财，亚杏总是板着面孔将视线移到别处。

电梯门启开。

亚杏走入电梯，亚财也走入电梯。

电梯里只有他们两个。亚财睁大眼睛凝视她。

亚杏昂着头，故意将视线落在电梯顶的风扇上。

风扇有铁网罩住。铁网上的尘埃，积得太多，像黑色的棉絮一般挂在那里。

"奇怪，"亚杏想，"风扇上不应该积这么多的尘埃。风扇开动时，有风，怎会积聚这么多的尘埃？"

"你在看什么？"亚财搭讪着问。亚杏继续将视线落在风扇上，不理他。亚财加上这么两句：

"你在看风扇？风扇有什么好看？你……"

亚财的话没有说完，电梯门启开。亚杏大踏步走出来，看也不看他。

三十六

淳于白站在巴士站,等过海巴士。

“海底隧道是一项伟大的工程,使港岛与九龙连在一起。过去,从九龙到港岛,或者从港岛到九龙,搭车搭船浪费的时间相当多;现在,从旺角搭乘巴士过海,无须一刻钟,就可以抵达铜锣湾。”他想。

巴士来了。

上车。

将一块镍币掷入车费箱,上楼,拣一个靠窗的座位。

巴士开动后,街景犹如活动布景一般在他眼前转动。

二十多年前,当他刚从北方来到香港的时候,这一带都是旧楼;现在,都已变成摩天大厦了。

“香港就是这样一个地方:空间少,人口多,楼宇不能不向高空发展。”他想。

巴士继续沿弥敦道朝前驶去。

“单是向高空发展,也不能解除屋荒。政府必须向郊区发展,多建卫星市。在不久的将来,一定有更多的人移居卫星市。”他想。

巴士拐弯。

“卫星市必会迅速发展。这种发展,使兴建地下铁路变成当务之急。没有地下铁路,住在卫星市的人唯有搭乘私家车或计程车或大小型巴士进入市区去工作。这样一来,交通的挤迫就变成另外一个问题了。”他想。

巴士朝红磡驶去。

“二十多年前,香港的人口只有八十多万;现在,香港已有四百多万人口了。二十多年前,红磡的新楼多数只有四层高;现在,那些新楼早已拆卸,改建多层大厦。纵然如此,仍不能减少屋荒的严重性。”他想。

巴士驶抵红磡,朝隧道口驶去。

“二十多年前,从北方涌入香港的人,多数带了一些钱。初来时,个个怀着很大的希望,以为在这个华洋杂处的地方可以大展宏图;可是,过不了几年,房屋越住越小,车子越坐越大,景况大不如前。”他想。

巴士驶到隧道口,停下。

“二十多年前,谁敢预言,巴士、货车、计程车、小型巴士与私家车可以在维多利亚海峡的海底疾驰。”他想。

巴士在隧道疾驰。

“二十多年前,谁敢预言,从九龙到香港或者从香港到九龙,只需三分钟就够了。”他想。

十分钟过后,他在北角一家菜馆吃晚饭。

三十七

吃过饭,亚杏扭开电视机。荧光幕显出映像时,那是一部国语电影。

不知道上半部的情节,当然不会对这部电影发生兴趣。

那部国语电影的男主角很英俊。亚杏见到英俊的男人就高兴。

三十八

吃过晚饭,回家。看荧光幕上的国语长片时,淳于白睡着了。

他梦见自己坐在一个很优美的环境里:有树,树上盛开着花朵,花很香。香气使这个优美的环境益具神秘感。淳于白不知道这是什么所在,只觉得它有点像公园。他坐在长凳上,亚杏也坐在长凳上。他们并排而坐,好像在电影院里看电影。

三十九

看完国语长片,上床。亚杏做了一场梦,梦见自己在一间没有墙壁的卧房里。这卧房的家具非常现代化，除了梳妆台、衣柜与沙发外，还有一只大床。所有的家具都是粉红色的。她与一个长得很英俊的男人躺在床上。她身上没有穿衣服。那英俊男子身上也没有穿衣服。这种情形，与那张照片中的男女十分相似。那张照片是她从路旁拾到的。那张照片给她的印象很深。

四十

在优美的梦境中，淳于白与亚杏坐的长凳忽然变成床了，周围的树没有变。树上有花，花很香。淳于白嗅到的香味，可能是从亚杏身上发散出来的。亚杏刚才还穿着衣服，此刻则赤裸着身子，没有一样东西比少女的胴体更具诱惑力。淳于白变得很年轻，思想、感受、活力都是属于二十岁的。二十岁的淳于白常做这种事情。现在，他在梦中变成一个年轻人。

四十一

这是一种新的刺激，即使在梦中，她也能清晰感到这种刺激，她甚至感到了对方身体上的微暖。对于亚杏，这是前所未有的。她用热诚去接受这种前所未有的刺激。她的内

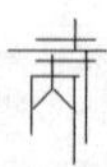

心中好像有火球在燃烧。

四十二

淳于白从梦境中回到现实，天已亮，伸个懒腰，站起，走去窗边呼吸新鲜空气，初阳已击退黑暗。窗外有晾衫架，一只麻雀从远处飞来，站在晾衫架上。稍过片刻，另一只麻雀从远处飞来，站在晾衫架上。它看它，它看它。然后两只麻雀同时飞起，一只向东，一只向西。

一九七二年作

一九八一年二月二十四日校改

寺 内

第一卷

那顽皮的小飞虫，永不疲惫，先在“普”字上踱步，不能拒绝香气的侵袭，振翅而飞，又在“救”字上兜圈，然后停在“寺”字上。

“庙门八字开，”故事因弦线的抖动而开始，“微风游戏于树枝的抖动中，唯寺内的春色始于突然。短暂的‘——’，藐视轨道的束缚。”

下午。黄金色的。

檐铃遭东风调戏而玎玲；抑或檐铃调戏微风于玎玲中？

和尚打了个呵欠，冉冉走到门外，将六根放在寺院的围墙边，让下午的阳光晒干。这时候，有人想到一个问题：金面的如来佛也有甜梦不？

跨过高高的门槛。

那个踱着方步的年轻人，名叫张君瑞。

*

“这里倒清静。”他想。

清静的大雄宝殿，很暗。一个女人的香味，加上另一个女人的香味，直扑过来，浓得像酒。

风不大，烛光却在黑暗中发抖。第一对绣花鞋踏过石板。第二对绣花鞋踏过石板。轻盈似燕子点水。是的，轻盈似燕子点水。

春在神坛底下打盹，忽然睁开眼睛。

*

店小二说过的：

“普救寺里的蝴蝶也喜欢互相追逐。”

张君瑞来了。他看到两对绣花鞋。

*

不是童话。不是童话式的安排。那位相国小姐忽然唱了一句“花落水流红”。谁也不能将昨夜的梦包裹在宁静中。每一条河必有两岸。普救寺内的蝴蝶也喜欢花蕊。

“那个男子有一对大眼睛。”莺莺悄声说。

“那是一对饥饿的大眼睛。”红娘说。

“会说话的嘴。”

“怕老太太听到？还是怕那个年轻人听到？”

笑声胆怯如小偷，像一根无形的丝带，在金色的佛脸上兜个圈，与袅袅的青烟同时消失在黑暗里。欲望仍未触礁，张君瑞无意翻开书卷。

“这里倒清静。”他想。

*

那只二月天的小飞虫停在小和尚的头上。小和尚的头像剥去皮的地瓜。小和尚正在念经。小和尚眼前出现无数星星。欲念属于非卖品,诱惑却是磁性的。

张君瑞抵受不了香味的引诱;

小和尚抵受不了香味的引诱;

小飞虫抵受不了香味的引诱;

金脸孔的菩萨也抵受不了香味的引诱。

纵有落叶,敲木鱼的人也在回忆中寻找童年的好奇。烛光照射处,每一凝视总无法辨认鬼或神的呈现。

袈裟与道袍。

四大金刚与十八罗汉。

声与木鱼。

香火与灯油。

崔莺莺与张君瑞。

攻与被攻。

“那是一根会呼吸的木头。”小飞虫对菩萨说。菩萨有一个永远的微笑。

尖着嘴唇,“嗖”的一声,龙井与山泉的联盟,具有老实人的特质。那法聪的眼睛眯成一条缝。“师父赴祭了。”法

聪说。

“角门后边的院子是禁地。”法聪说。

“崔相国有一个十九岁的女儿。”法聪说。

“……另外还有一个俏皮的丫鬟。”法聪说。

“普救寺的春天尚未消逝。”法聪说。

斜阳似小偷般蹑足潜入窗口，春未老。失去彩笔的书生，已忘记镇上小寡妇的眼泪与喜悦。这是非常美好的日子，微风一若纤纤玉手。今晚的月亮将在碧波中破碎吗？——他想。

感情像一根绳，忽然打了一个死结。

随风而去，余晖被夜色击退。年轻人的脚步染有幽香，袍角扑扑。拴在树上的马匹不会打呵欠，只会以蹄踩土。大殿上，灯火跳跃。月升时，最易想起蝴蝶与花蕊。

“风呀，明天将从何方送来喜悦？”

这是开始的终结。

*

潮湿的空气有泥泞的感觉。如果孤独也有颜色的话，不知道是黑还是灰。

这天晚上，年轻人做了一场梦，梦见一条线，如桥梁之沟通两点。

醒来，仍有依依。蝴蝶穿窗而入，共有两只。心更烦，应该到外边去走走了。站在田塍上，举目眺望，但见高耸的松树固执如宝塔。雀噪处,一座小桥上,白须老公公拄杖而过。

“如果我是一个绿林大盗,”他想,“自当纵身跃上屋檐,偷窥罗裙在夜风里怎样舞蹈。”

风景侵略眼睛。情感疾奔。美丽的东西必具侵略性。

第二卷

美丽的东西必具侵略性。那对亮晶晶的眼睛,那张小嘴。喜悦似浪潮一般,滚滚而来,隐隐退去。

寂寞凝结成固体,经不起狂热的熏烤,遽尔溶化。普救寺的长老喜欢读书人,明知书生已失落毛笔,却不能抵受白银的诱惑,拔去西边厢房的铁闩。——这是几天前的事,固体早已溶化。那个名叫张君瑞的年轻人必须对羞惭宣战,以期克服内心的震颤。

*

将一颗心折成四方形,交给红娘。

*

笑靥似莲初放,一瞥等于千言万语。“大殿上有个年轻男人。”她说。

寺内太清静,仅老鼠在墙角咀嚼寂寞。莺莺也需要新鲜的刺激,心随声跳。

“那个眼睛很大的?”她问。

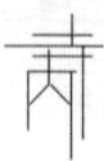

“那个眼睛很大的。”红娘答。

分不清人间与天上，又无力关上心门，用手指蘸了唾沫，轻轻点破纸窗。一瓣枯叶，从树梢旋转降落。微风，以小贼之蹑足，吻了纸窗小洞，潜入欲火熊熊的眸子。感情像根绳，打了个死结。

“陪我到大殿上去走走。”这句话，没有说出口。

微风轻拂脸颊，有欲念搭成意象的图案。大胆嗅辨羞惭时，彷徨与焦灼开始在心内捉迷藏。

不能囚禁青春秘密，魔鬼匆匆典押梦中的大胆。

日落。日出。道场为亡魂而做。鸟携秘密出笼。大殿的黝黯处，小飞虫在袅袅的香烟中迷失路途。

如来佛的斜睨与判官的笔误，都不是闹剧的原料。当无瑕的命运之神被奸污时，叹息茁长于惊诧。

法本长老不是红娘。张君瑞必须找红娘。

“小生姓张，名珙，字君瑞，奉贯西洛人氏，年方二十三，正月十七日子时生，未曾娶妻……”

还在笑，用手帕遮掩羞惭。欲念一若火上栗，未爆。聪明变成愚骙。真实变成虚伪。两颗心接吻时，另外一个自己忽然离开自己。

唰唰唰……

绣花鞋踩过长廊，宛如雨点落在湖面。温情躲藏在佯嗔与薄怒背后，窃笑书生也有未竭的痴狂。古梅下，有一方块阳光,没有风的时候,居然扬起万千尘粒。

疾步而去的红娘,想起水中之鱼。

呆立似木的张生,想起野猫在屋脊调戏。

袅袅香烟是菩萨手中的画笔,婀娜多姿,莫非有了画家的野心?普救寺内不会有女鬼筑墙的故事,放胆搬开感情的篱笆,伸手,抓一把颜色来。

檐铃玎玲。

抬头望天,澄澈的晴空,仿佛刚用刷子洗干净的。有一朵圆形的白云,肥肥胖胖,如果能够坐在上边,必生龙垫的感觉。

“只有傻瓜才上京赶考。”他想。

思念与心弦相拥于烛火跳跃时。生锈的野心偏逢月亮上升。

风声飕飕,满庭落叶在打转。

被沉寂包围的莺莺,心烦意乱,停下手里的针线,听檐铃玎玲。

“他说些什么?”莺莺问。

喜剧总在丫鬟的眼睛里上演,那眼睛有宝石之熠耀。

回答是:“小生姓张,名珙,字君瑞,本贯西洛人氏,年方二十三,正月十七日子时生,尚未娶妻……”“妻”字万斤重,无力捺下心火的崔莺莺竟呆了半支蜡烛。

月光是抽象的锦缎,披在纸窗上。纸窗有人影,喜极。

脚步唰唰,推窗又见一树葱郁。

夜风喜述桃色故事,却无力揭去魔鬼的面纱。魔鬼无所不在,永不停步。大自然的叹息,常在夜间摘去鲜花。

那份感情,浓得必须加水。

那份感情,熟得太早。

从梦中踱步而回的,名叫"现实"。

隔一堵墙。

这边是西厢,那边是花园。这边是张君瑞,那边是崔莺莺。这边是馋嘴的欲望,那边是会捉老鼠的猫。

睁眼凑在时间的罅隙边,欲穷明日之痴狂。岑寂的园子,喃喃的祈祷声中,有关不住的秘密夺门而出。陈旧的过程,虽不新鲜,却掺杂着糖的滋味。早熟的情感是透明的,无须更多的解释。

棒香虽已燃起久沉的热情,也悟不出月光为何洁白似银的道理。一声虫鸣,一丝风。最真实的东西,在月光底下竟没有影子。

老槐树说:这个女人一定知道他躲在太湖石边。

古梅说:不一定。

老槐树说:她的第三愿是故意讲给那男子听的。

古梅说:但是她没有说出来。

老槐树说:不说更妙。

古梅说:你的意思是这个女人在引诱那个男子?

老槐树说:一开始就是这样的。

古梅说:明明是那男子先吟诗。

老槐树说:她又何必依韵吟和?

古梅无言。腐霉的回忆中没有新鲜,只有希望是七彩的。小红娘听到破寂的轻步,猛吃一惊。崔莺莺微笑,心中暗忖:

“月亮会圆的。月亮一定会圆的。”

心与心的邂逅,必须负担感情的庞大支出。烛火做荒诞的跳跃,寂寞者蓦地想起虾舞。笃笃笃……大殿仍有木鱼声,证明耐性的持久。乱步在思想的道路上踩过,睡神启开大幕,水珠滚滚,希望穿上湿衫。

这是第一夜。

第三卷

叮——咚——叮咚。

弦线为故事的发展而抖动。

*

脱去爱的外衣,两个身体驮负一份忧虑。张君瑞推开纸窗,太阳尚未用金黄涂抹黑夜。有小和尚轻步而过,这是做好事的日子。敲敲五更,雄鸡将贪睡的太阳唤醒。

灰色夹侵略者的野蛮出击。

幡帜与晨风共舞，道场开始。拈香者别有用心，打钟敲鼓的和尚们也有贪婪的眼睛，明眸似宝石，酒窝常在瞬息间呈现，细细探寻生命的意义，所悟也不透彻。

蓦然的心悸，始于视线接吻时。

法本长老在佛前撒谎，崔夫人泫然带走太多的问号。小飞虫从张君瑞的头上飞到崔莺莺的头上，钟声挑起痴狂。

香烟袅袅中，有无声的对白。

（你为什么对红娘说那番话？）

（我喜欢你左颊上的酒窝。）

（莫非看透了我心境萧索？）

（没有别的意思，只想诱出禁锢的秘密。）

（为什么躲在太湖石畔看我烧香？）

（我看的是你，对烧香并无兴趣。）

（为什么要说，不见月中人？）

（因为知道你无计度芳春。）

（你再挖苦人，我就离开大殿了。）

（我来问你：那第一炷香，愿亡父早升天堂；那第二炷香，愿中堂老母延年益寿；那第三炷香呢？）

两颊红通通的，不能掩饰疯狂与痴娇。小飞虫最顽皮，飞过来，飞过去。红娘的眼睛等于一千句话。张君瑞必须用扇子扇去青烟。

（那第三炷香呢？）

年轻人有纯洁的感情。年轻人有完整无缺的感情。已逃遁的恐惧,将使奇异的花朵茁长自渐次扩大的欲念。

凝视似箭,再一次射中崔莺莺的两颊。张珙虽非猎者,却设下陷阱。

(为什么不答话?)

(你早已知道了?)

坐在神龛里的菩萨,抵受不了美丽的引诱,见到一对不能前往西方乐土的年轻男女,双目定睛,钦羡猎者的幸运,骤然想起远方的红叶子树。

红与绿。热与冷。夏与冬。

大雄宝殿的调情。

包不住熊熊欲火。佛说:有因有缘的,就会生长。

春风吹开心门,“呀”的一声,但见爱情坐在里边微笑。有人开口了:

“请夫人小姐回宅。”

*

夜有太多的眼睛。

张君瑞在墙左的西厢房;崔莺莺在墙右的别院里。晚风穿过珠帘,东张西望。莺莺的叹气具有浓厚的古典味,解衣后,帐檐上的流苏,索索发抖。

(那墙并不高,他为什么不跳过来?她想。)

(那墙并不高,他为什么不跳过来?她想。)

（那墙并不高，他为什么不跳过来？她想。）

思想似浪潮，滚滚而来，隐隐而去。然后又滚滚而来，隐隐而去。一来一往，一往一来……永不间歇。

夜风在芭蕉的手掌上踱步，月亮总爱偷听荒唐的梦呓。流星掉落在夜空，寺内的白猫仍在厨房门口嗅舔鱼腥。

黑夜是太阳的儿子。

*

莺莺在梦中追寻新鲜。

一对会说话的眼睛。红色与绿色。如来佛的笑容，摇扇的年轻人。月色溶溶夜。花荫寂寂春。墙。墙。墙。墙似浪潮。般若波罗蜜多。“小生姓张，名珙，字君瑞，西洛人氏，年方二十三……”净土。院中有两枝古梅。喝第四杯酒。琴与剑。盘花的对白。红裙。大“囍”字。拜堂。花烛的火光在微风中跳跃。帐内的调笑。欢乐于一瞬。魔鬼最怕白色与光。

邂逅。妖怪一再打呵欠。虹上的足印。喜鹊成千成万。天庭也有隔河对唱。……

张君瑞在梦中追求新鲜。

一对娇艳的眸子。蓝色与紫色。如来佛有两只大耳朵。蹑手蹑足的闺阁千金。兰闺深寂寞。无计度芳春。墙。墙。墙。墙似高山。南无阿弥陀佛。“夫人郑氏，带着一位十九岁的小姐，名唤莺莺，字双文……”极乐世界。院中虫鸣唧卿。喝第二杯龙井。针与线。珠帘的狂笑。题着“清风徐来”的折扇。大“囍”字。拜堂。贺客们喜作猥亵的调侃。床前两对鞋。所有的忧愁全忘记了。魔鬼最狡狯。意外的邂逅。妖怪在黑暗中舞蹈。湖面上的疾步。喜鹊搭成一座桥。牛郎欣然越过银河。……

*

一堵墙等于一把刀,将一个世界切成两个。寺内的岁月,又让寂寞啮去。少女叹息于无力反抗,流泪时,乃有老妪心情。每一次新梦,张君瑞总是拿着一把折扇。

云层拦阻阳光。

不断暗杀时间的人,有欲望似脱缰之马。病倒后,不进茶饭。思想正在偷窥远方的诺言,醒来又恨梦境易逝。

红娘并不焦急,老夫人紧蹙眉尖。法本长老识医道,一剂汤药酽酽如酱油,赶不走心内妖魔,而情感已变色。

把脉难究病因,法本长老莫辨红尘中的喜哀。小红娘掩嘴窃笑,看到心魔的舞蹈,明知是爱情游戏,也不发言。

爱情没有重量,一若羽毛轻浮,飘到时间的另一端,又发现顽固者做了太多的浪费。

“红娘,我会死吗?”莺莺问。

“你将活得比蝴蝶更快乐。”红娘答。

“为什么?”

“因为你的心已被别人窃去。”

两颊又起红晕，狂想忽然征服悒郁，美丽的微笑，遂出现在酽酽如酱油的汤药中。

“今天晚上，陪我到花园里去烧香。”她说。

红娘耸耸肩，怀疑神仙是否已听到第三个愿望。

第四卷

消息有如火，脆弱的感情骤然变成木料与纸。一切优美的东西，纷纷出现裂痕。空气是拉紧的弓弦，那贪睡的宁静蓦地睁开眼睛。小飞虫迅速振翼，始终未能飞越那个无形的圈子。这是恂栗。难道它也了解法聪的话意。

“大祸临头了！”法聪和尚对长老说。

“大祸临头了！”长老对老夫人说。

“大祸临头了！”老夫人对崔莺莺说。

眼睛如问号，有彷徨的惊奇加速心轮之旋转，理性失踪，止水掀起波涛。夫人是常常流泪的，泪水有时候代表忧虑。

“丁文雅是个糊涂将军。”法本长老说。

“丁文雅有个部将，名叫孙飞虎。”老夫人说。

“孙飞虎率领五千贼兵。”法本长老说。

“五千贼兵将整个普救寺团团围住了。”老夫人说。

“孙飞虎是个色鬼。”法本长老说。

“他要我的女儿做他的压寨夫人！”老夫人说。

“孙飞虎是个贼!”法本长老说。

“所以不能做他的压寨夫人。”老夫人说。

“不做压寨夫人,普救寺必定片瓦不存。”法本长老说。

“怎么办! 怎么办? 怎么办?”老夫人说。

心绪烦乱,似夏日之骤雨。持伞的理智,不能抵挡恐慌的侵袭。辨不出东南与西北,拔草又见珍珠。

“为了阿妈,我愿做贼妻。”莺莺说。

“为了亡父的灵柩,我愿做贼妻。”莺莺说。

“为了欢郎的继续生存,我愿做贼妻。”莺莺说。

“为了寺内三百和尚,我愿做贼妻。”莺莺说。

“为了保存这座普救寺,我愿做贼妻。”莺莺说。

坚决孕育自坚决,情感第一次脱轨。她想忘掉摇扇而来的年轻人;但是摇扇而来的年轻人却忘不了她。心如刀割。跛足的爱情在森林中迷失路途。

铁的决心。铁的意志。

长老拟用钢刀制造奇迹,圣者亦流仁义之血。舞剑人常在梦中格斗,此刻也想知道殿前的交战是否会使菩萨皱眉。

老夫人缺少一对观剧的眼睛,许下慷慨的诺言:

“不论僧或俗,能退贼兵的,就将莺莺嫁给他——”

是鱼饵? 是谎言? 是引诱? 是包着糖衣的毒药?

诺言有如燃烧物体,向每一个角落蔓延。意志与剑锋的对抗,寺外的狂人仰天大笑。

“我有办法!”

书生克服内心的怯懦,挺身也有英雄姿。

低头掩不住喜悦,有童话里的神仙将梦境点化成现实。

“原来就是他。”

如光芒诞生于黑暗,闺阁千金遂将秘密妥存锦盒。

“孙飞虎!”法本声似裂帛,“小姐孝服在身,三日后才可行礼,请退一箭之地!”

*

笔锋挡五千大刀于寺外,书信为远方的援助而写。远山烟雨迷糊,骑白马的将军尚在帐内捕捉未来。誓言第一次加色,僧侣们个个卷起衣袖。

圆圈。圆圈。圆圈。

起点始自终点。终点落于起点。聪明人不善解剖,两个圆圈的幻变永不单纯。

三百条会呼吸的木头,唯偷酒的和尚最有戆气。

“你去?”法本问。

“送我三十个馒头馅与两斤绍酒。”惠明说。

愚直如春笋之茁长,大胆者惘然于圆圈的紧箍。酒是勇气的催生者,启开后门,刀光共担肩上寒冷。

圆圈。圆圈。

圆圈因妥协而切断。

孙飞虎贪得梦中珍馐,捧住明日之红裙狂吻不已。月亮走去远方拜客，星星在困倦中眨眼。

*

燃香者探取新鲜于第三愿，长期囚禁使欲望也发清香。夜仍宁静，圆圈外边有大胆的希冀，圆圈里边有大胆的希冀，仅侧身而卧的年轻人，仍用碎片织成美梦。

“她是我的了。”他想。

古梅不会求偶，唯琴剑是天生的一对。枯萎的情感再次发芽，线装书里的青山与流水经常藏有太多的系念。蜘蛛仍在工作，寺内只有轻步与耳语。

心思如镜，热情的年轻人遂萌跳墙之念。空间隔开三颗心，魔鬼将多角的美梦投入火焰，看它怎样变成灰烬。

惊惧是透明体，谁也不能掩饰。

愉快与紧张对峙时，过了河的车马与炮也不会预知二十世纪的扭腰舞。

*

荒谬的今夜。指引者错将灯笼赠与盲者。

孙飞虎盗得爱情的赝品，让它在酒液中游泳。酒液掀起波澜，不是被风吹起的——而是笑声。

（过三天，那娇媚的崔莺莺就要与我共枕了。他妈的，咱一定吻她的乳房，吻得她笑声咯咯。这相国的女儿不必搽香粉，滑腻的胴体本身就是一种秘密。没有人见过她的胴体，只有她自己。他妈的，这就是咱孙飞虎的福气了！咱孙飞虎

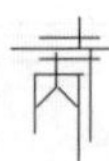

什么样的女人没玩过，白的，黑的，胖的，瘦的，高的，矮的，老的，小的，美若天仙的，丑若妖怪的……总之，什么样的女人，咱孙飞虎全玩过了。可是……可是……可是这个崔相国的女儿，这十九岁的闺阁千金，应该算是异味了，不能不教她知道咱孙飞虎的厉害！）

酒有荒诞的味道，野心者将空想折成三角形。思想在一个奇异的境界里捉迷藏，梦未破。

*

荒谬的今夜。夜在孕育胆量。

崔莺莺用手抚摸自己的胴体，爱上了自己。她是因为爱自己才向张珙挑战的。

（他是一个读书人，她想。读书人在床上的疯狂必使孔子流泪。）

（孙飞虎是一个粗人，她想。粗人的动作可以想象得到。）

（所以，她想，为了满足好奇，应该祈祷白马将军早日来临。）

女孩子第一次患了怜己狂，感情在发炎，窗外传来檐铃玎玲，还当是越墙而来的足音。明日会有阳光吗？且听下回分解。

没有距离。没有空间。两个梦，携手舞向空间。梦的内容永远是荒唐的，寻梦者在梦中做了另外一场梦。前边是一条幻想的道路。

希望是一支蓝色蜡烛,点燃后,有翼的光芒四处乱飞。

懦怯的眼睛在梦中捕捉古代的诗句,走错方向倾覆了爱情之巢。爱情与憎恨是一对孪生子,吻为热情而存在。

有一艘小船在泻满月光的空间飞行,不是寻找嫦娥,却急于与海神聊天。对于久处月宫的嫦娥,美丽与叹息都是浪费。

第五卷

法本长老问:“白马将军作笑时,眼睛有无宝石的光芒?”

惠明和尚用骄矜挑来一担兴奋:

“蒲关的美酒当为战士而酿。”

法本长老说:“彩色的夸张难及白色。”

惠明的眼睛瞪得大:

“快备酒菜犒三军!”

大旗在风的飕飕中飘舞,蹄声嘚嘚。蒲关有星无月,河中无月有星。

鲜血用红色嘲笑泥土,思想变成万花筒的图案。历史在千万年之后仍不腐烂。

那是白马将军的习惯,凡卸甲投戈者皆获惊兔之逃窜。

寺门为将军而开,长老率众僧相迎,笑容比火焰更热,接

受现实如接受梦境。一切都是荒谬的，一切又非常合理。孙飞虎用鲜血淋熄熊熊欲火，惊诧于黄泉路上的拥挤。

寺内有阳性的喜悦，寺外有阴性的悲哀。

一个新的骄傲诞生了。

胜利者的脚步使院径感到光荣，书生遂产生战士的勇敢。

“来迟了，来迟了，当借夫人三杯酒，洗净我的罪，”白马将军说，“好极了，好极了，当借夫人三杯酒，祝有情人早成眷属。”

四种笑。

四种感情在酒杯中寻找寓所。

将军上马，一声“再见”，扬起尘土使送行者咳呛不已。

大厅充满伪装的喜悦，酒液嘲笑书生易于受窘。当书生寻找诺言的真实时，竟听到一串黑色的笑声。

菩萨的答复总是形而上的：

“既有钥匙打开心门，何必嗅取镜中花香？”

*

时间的脚步在一条线上踩过，畅开的纸窗，将引导彷徨者窥伺人生的背面。

老夫人的情感有如深山中的茅屋，除了风与雨，只有失群的小麻雀，站在木窗边，转动受惊的眼睛。

狐的狡狯。

阿谀堆积似一盘糖果。

老夫人常常更换脸谱,连舍利珠也难窥狡狯的心思,将诺言匿藏在衣袖里,代之以涂色的阿谀。

“不能认真,”她说,“我是一个喜欢开玩笑的老太婆。”

喜悦受伤。夜风侵略宁静。太多的眼睛。太多的失望。太多的憎恨。齿与齿之间的困惑,笙歌正在寻找耳朵。张珙是一个愚蠢的智者。

“第一杯,”老夫人说,“替先生压惊。”

“第二杯,”老夫人说,“谢先生请兵之恩。”

“第三杯……”老夫人回头望莺莺,“我儿过来,上前拜见哥哥!”

女儿家的固执,阻不住热泪的涌出。张珙呆若木鸡,凝视烛火在风中挣扎。

笙歌仍在寻找耳朵,金帐上丝绣的鸳鸯遽尔各奔东西。

“我儿不必害臊,快与哥哥把盏,”老夫人说,“红娘,斟杯热酒来!”

黑暗在黑暗中舞蹈,莺莺找不到自己。红娘斜目怒砍虚伪,失望的书生渴望擎起大刀。

*

同样的寺院。同样的人物。同样的气氛。同样的夜晚。同样的风与古梅。

“明天”与“昨天”一样,也会死亡。

红娘扶张珙回房，说他是个贪酒的人。张珙热泪两行，解下腰带挂在梁上。

“张先生这又何苦？我红娘自有办法。”

声音从沉寂中诞生，希望在黑暗中舞蹈。合上眼皮时，见到最真实的真实。

第六卷

月阑朦胧，和尚频频打呵欠。是一朵厚厚的乌云，掩去了喜悦，使他感到寒冷。心已迷失路途，怅惜太浓。

何日可将忧愁化成榕树，让乱飞的雀子们飞来歇脚。

“琴呀，”张君瑞说，“请你将我的眼泪送过墙去。”

“弹吧，寂寞的人，大胆弹吧。”琴说，“我将为你画一幅灰色的图画。”

“声音也会误入歧途。”张君瑞说。

“潦倒的书生，你有太多的顾虑，因此不再记得初春的狂妄。”琴说。

“琴呀，给我力量！”

“胆小的猎者，快快拿出不爱穿彩衣的勇气。”

*

叮——咚——叮咚。

弦线为故事而抖动。

*

月亮的手指,正在拨弄闪熠的池水。音讯来了!音讯来了!崔莺莺仍在迷糊中与自己搏斗。

琴声推开心门,“不得于飞兮,使我沦亡!”……第三个愿望扑扑飞向远天,泪落时,唯琴弦穿墙而过。

伸手捉住琴音,欲窥自己的欲念。爱情也会变戏法,黑色中提取白色时,白即黑。

“这是一种习见的月色,”莺莺说,“为什么在月中啼哭?”

“小姐,”红娘说,“这不是哭声,这是逾墙而来的琴音。”

“谁在制造眼泪?”

“你的心。”

香烟袅袅。幻想骑月光而去,星星不敢眨眼。有白色的种子落在心田上,春夜见不到善舞的骤雨。忧郁是一个深渊,跌落在里边的,叹息都没有。

“红娘,拿只信封来。”

“写信给张先生?”

“将那第三个愿望送给他。”

夜风已将古梅的手臂吹弯。脚步在墨绿色的影上踩过,多情的少女,失望于猎者的胆怯。

(读书人未必个个聪明,孔夫子的母亲也有一对忙碌的手——红娘想。)

雄鸡将慵惰的太阳唤醒。

一个寂寞的幻象越窗而出，帘前的鹦鹉立即大声咒骂。“没有礼貌的东西，”它说，“究竟偷了什么出去?”

隔夜的琴音仍在徘徊，有雄性的意象，与太阳一样真实。

镜子最诚实，坦白告诉莺莺：“你的脸色很难看！”

莺莺第一次对自己有了怜悯，忙将丝巾覆盖镜面。镜子里的“我”有一对饿狮的眼睛。这完全不能解释，但心事似野猫在画间所做的甜梦。

“红娘，到书院去走一趟。”她说。

“我不去！”鹦鹉说。

莺莺惊诧于红娘的直率，红娘的笑容十分顽皮。

“快到书院去走一趟。”莺莺说。

“老夫人知道了，难免又是一顿鞭挞！”

“你敢违抗我的意思，先打你三鞭！”

“小姐哟，你连我的声音也听不出来了，刚才说话的是鹦鹉，不是我。”

“如果不是你，就不该继续浪费时间。”

红娘踩着帘铃的旋律，心跳似高僧敲木鱼。一切都是喜剧的素材，两个主角却流了太多的泪水。红娘只是一条线，有意将两个欲念绑在一起。

“多么可笑！”她想，“昨日的少女，今天忽然变成老妪！”

“多么可笑！”她想，“昨夜还用琴弦弹出丰富情感的年轻人，今天连举步的气力也没有了。”

一睆直刺痴人之心，红娘吃吃作笑，阳光有小贼的大胆，举步跨过窗槛。

补天者用黄泥制造男与女，不必天梯，有情人都在天堂舞蹈。若问：谁有信心？只有蕴藏在心底的秘密最怕暴露。

感情脱去外衣时，痴心的男人看到赤裸的胖。提笔画情，第一句便是“相思恨转添”。

“嘻嘻！”

红娘渴望有一只粗暴的手，暗忖：那张生一定在昨夜的梦中辛苦了，今朝才会写下那么多的震颤的字。

每一个字有一个灵魂。蘸了太浓的墨，最好的羊毫也写不出灵魂的面貌。

等待。等待。二月的风到远方去观看究竟，也会因疲惫而归来的吧？

脚步疾如雨点，从第六卷走到第七卷。“死丫头，这又算得什么？我们是兄妹，做妹妹的人难道不能问候哥哥的病？”然后是顽皮的微笑。

帘外的鹦鹉最坦白，说那少女的心，如同秋千般动荡不定。“拿笔墨来！”遂有诗句发散古老的芬芳，纤细得很，驮负笨重的感情，不觉吃力。“送去吧，这里有一把钥匙。”

红娘木然。

火焰最易传染，隔墙犹能捕捉热量。风来时，宗教气息

突呈稀薄。帘铃玎玲,大殿上的如来佛依旧双目定睛。当寂寞与希望竞赛时,小飞虫穿门而入,看年轻人怎样喜怎样哀怎样忧怎样乐。

爱情如油纸上的水滴,静止的晶莹将因一动而消散。凡是坠入情网的,爱情是神。

第一变成最后。二月之彷徨。泪水因喜悦而流。书生讥笑红娘的愚蠢。

“她约我到花园里去相会!”

“你在做梦。”

“红娘呀,你年纪轻,不懂这一类的诗句。”

“我不会猜诗谜。”

“这不是诗谜,这是请柬。”

“张先生,你身体不舒服,我去请法本长老来。你要知道,法本除了诵经念佛外,还会把脉开方。

“你一定在做梦。”

“我没有做梦。”

“你有太多的梦呓!”

“红娘呀!我是这个世界最快乐的男人!”

“你是这个世界最痴狂的男人。”

“红娘呀!你们小姐约我月下见面!”

“你在做梦。”

“红娘呀,你们小姐要我跳过粉墙。”

"傻瓜,跳过粉墙去做什么?"

"红娘呀,你年纪轻,不懂。"

"你很傻。"

"是的,是的,红娘,我愿意做一个大傻瓜!"

"你病了!"

"红娘呀,这粉墙并不高,只需踏上那株杨柳树,就可以跳过。"

"我应该将法本长老请来才对。"

"不,不,我的红娘,请你千万不要喧嚷开去,给老夫人知道了,我没有命,你也活不下去。"

"既然这样害怕,为什么不去京城应试,偏在这里偷偷摸摸?"

"红娘呀,你年纪轻,不懂。今天晚上,我将是这个世界最快乐的人。"

"你不能起床!"

"红娘,我已经没有病了。"

"你疯了不成?"

"不,我很理智,我一点也不疯。今天晚上,我将是这个世界最快乐的人!"

"我走了。"

"等一等,麻烦你替我带封信去。"

浅尝龙井之清冽,素患贫血症的感情,霍然而愈。

第七卷

两个空间合而为一,粉墙阻止不了热情的冲刺。月因有情的年轻人而更明,古梅已入睡。脚步践踏杂草时,声音虽微细,却是反常的。烧香者的心,一若鹿撞。

“谁?”

“是我。”

“你是谁?”

“我是一个寂寞的男人。”

透过慵惰的青烟,是一对睁得大大的眼睛。风甚微,青烟游舞在微风中,找不到方向。夜渐深。

青烟套不住喜悦,游舞着,有意捕捉一个含羞的答复。

“你是一个读书人?”

“是的,小姐,我是一个寂寞的读书人。”

“走来做什么?”

“想给你一个证明。”

“证明什么?”

“我有一颗月亮般纯洁的心。”

眼泪如荷叶上的露水,沿颊而去寻找忧郁的匿藏处。心绪混乱到了极点,9 不是 6,6 不是 9,所有的言语都失去理性。有一座感情的桥,在月光底下遽尔坍断。那满载爱情的船只,在水面打转,找不到东南西北。

“这是禁园,岂可随便乱闯?”她说。

“但是……”

“我们是兄妹,必须保持一定的距离。”

“但是那首诗……待月西厢下,迎风户半开……?”

“你曲解了我的诗意。”

错愕。惊奇。希望被冷水淋湿。从樊笼里出来的,复归樊笼。月亮亮得很,看起来,像一个“?”。这不过是一出廉价的悲剧,感情如春朝浓雾,无从把握。一切都隔了一层纱,连年轻人的心也是。细细咀嚼情的滋味,所悟也有限。崔莺莺是一个谜,像四月的天气。深夜的勇士锐气尽挫,因此有点悲哀。这是古怪的教育,是书卷没有的内容。大胆急于表现,鲁莽在惊惶中萌芽。

“红娘!你躲在什么地方?快来!”

月光皎洁,园子里一片沉寂,仅慵惰的散烟仍在微风中游舞。

像舞台上的丑角,出台前听到噩耗,出台后,不能不皱紧涂着白粉的鼻梁,咧着嘴,噙泪而笑。

(这个女人的感情,是坐在秋千架上的顽皮,张君瑞想。那首诗,明明要我跳过粉墙来与她相会,现在又后悔了!多么不容易捉摸的感情?)

(他有一对会说话的眼睛,崔莺莺想。他是一个有胆量

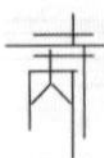

的书生。在月光底下，面孔显得更加白嫩，身体一定也很白嫩。如果……唉！这种念头是不能转的，即使没有人知道也是有罪的。）

“红娘！你究竟躲在什么地方？为什么不过来！”

（怕什么？张君瑞想。你表面上装得这样正经，实际还不是想……？老实说，第一次见到你，就辨出你眼睛里的春意。那时候，你若不回过头来看我，我早就上京应试去了。现在，忽然正经起来，什么意思？）

“红娘哟！红娘！死丫头，一定在假山背后睡着了！”

（真是一位白面书生，崔莺莺想。阿妈也太势利了！人家张先生请了白马将军来，替我解了围；不但大恩不报，反而将婚姻赖掉，于情于理，都讲不过去。这位张先生虽然还没有取得功名，学问倒是很好的，别的不说，单是那首诗，已可证明他是一个有才华的人了。阿妈真糊涂，这样的男人不让我嫁，难道要我嫁给孙飞虎不成？）

“红娘！死丫头！”

（叫什么？张君瑞想。既然要叫，何必差红娘送那首诗来？小姐，你脑子里转的念头，我很清楚。请你不要假正经，让我……）

“张先生！张先生！请你千万不要这样！教别人见到了，我怎样活下去？张先生……你救活了我们全家人的性命，我很感激你，但是，你是我的哥哥，我是你的妹妹，我们不能……张先生，张先生，请你千万不要这样！……红娘！红娘！死丫头，你究竟走到什么地方去了？……张先生，你要是再动手动脚，我就喊救命了！……红娘！红娘！”

红娘来了，红娘咯咯作笑。红娘睁大眼睛观看两个受惊的人。红娘发现莺莺有几根头发散在额前。红娘问：

“什么事？”

“快请夫人来！”

“为什么？”

“有一个——”

“什么？”

“一个贼！”

“他偷了什么东西？”

沉默。沉默。草丛间的小虫不叫了。月光被浮云隐去，沉默像隆冬的水。

“死丫头，不要多问。快请夫人来！”

“夫人早已安息。”

“我该怎么办？”

“要他跪在小姐面前，谢罪！”

“不！不！……快回去吧！羞死人了！红娘，我有点头晕，扶我回房。”

沉默像隆冬之水，凝结成冰。

风在叹息。最初的想象遽尔变成叛徒，将欲火谋杀后，

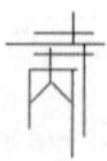

泪落墙檐。那猫的顺驯绝对不同于蛇的狡猞,但事情竟会开出如此异样的花朵。思想跌落陷阱;情感迷失路途。

咀嚼忧郁的薄片,不知是酸是苦。当墙壁的颜色变更时,形状也不同。一切都不能用纯粹的理性解释。

抓一把潮湿的愤怒。

将潮湿的愤怒挂在古琴上,琴说:“你是个优秀的喜剧演员。”

情感迷失路途,且坐下轻弹一曲,弦线被泪水浸湿,弹出来的声音也是沙的。

*

墙是一把刀,将一个甜梦切成两份忧郁。

(她是一个善变的女人,他想。但是她不会跟她的母亲一样的。刚才的种种,证明她连自己的感情也把握不住。她不会不爱我;然而她不敢。她有勇气挑逗,却没有勇气接受。她,就是这样的一个女人。)

*

墙是一把刀,将一个甜梦切成两份忧郁。

(他是多么有勇气的男人,她想。如果我不那么害怕,此刻已经获得所有的快乐。但是现在,我不是一个快乐的女人——实在不是。我是非常憎恨那堵粉墙的。他有勇气跳过来,我却没有勇气接受。我憎恨自己!)

*

墙是一把刀,将一个甜梦切成两份忧郁。

(她不像是一个硬心肠的女人,他想。但是她的心肠竟会这样硬。我病得茶饭不思,为了她,竟爬上那株柳树,冒险跳过粉墙,她却将我当作一个贼!天哪,我张君瑞在窗下读了十几年书,功名未取,却在普救寺内做贼了!)

*

墙是一把刀,将一个甜梦切成两份忧郁。

(他的脸色很白,她想。但是那不是健康的颜色。读书人多数不健康,所以他的脸色才会如此苍白。上次在大殿上见到他时,他的脸色还是红通通的。也许月光将他脸上的红色掩盖了;也许他病了;也许孙飞虎围寺时受了惊吓;也许……不会的,绝对不会。他是一个读书人,不会做这样的事。……不过,很难讲。这是自己也不能控制的事情。他很痴,所以也有可能。他有勇气跳过粉墙,当然会有勇气糟蹋自己。愚蠢的读书人。痴心的读书人。热情的读书人。刚才,我也做得太过分了。我不应该用那种态度对付他的。但是,我怕。我心里有一股奇异的力量,不知道什么,只是没有勇气接近他。唉!他一定给我吓坏了!他会不会灰心?他会不会就此离开普救寺?他会不会上京赶考?他会不会跟别的女人结婚?他会不会病倒?他会不会……我后悔极了!我对不起他,也对不起自己。我是那样的胆怯,又那样大胆!

既然不敢接近他，何必写那首诗给他？我恨透了，恨阿妈，恨自己！）

*

墙是一把刀，将一个甜梦切成两份忧郁。

（她为什么要这样戏弄我，他想。那首诗，本身就是媒证！既然有胆量写那首诗给我，为什么不敢接近我？我恨透了！恨崔莺莺，更恨自己！）

*

墙是一把刀，将一个甜梦切成两份忧郁。

（君瑞呀！请你原谅我，她想。我是全心全意爱着你的，你早该知道了。阿妈是个势利的妇人，教我怎敢做出那种事来？刚才我完全不是我自己。当我见到隔墙的杨柳在抖动时，我的心扑通扑通直跳。后来，见你伏在墙檐上，心里很担忧。你的动作滑稽极了，但是我只有担忧。我知道你是一个读书人，一定不会常常跳墙。我怕你跌落来，却不敢走去扶你。后来……当你走到我面前时，我害怕极了。）

*

墙是一把刀，将一个甜梦切成两份忧郁。

（莺莺呀，你害得我好苦，他想。我这条命就要送在你手中了！你为什么出尔反尔？为什么将我当作玩具来戏弄？为什么送那首诗给我？为什么在红娘面前指我是贼！莺莺呀！没有你，我是活不下去的！你……你……你害得我好苦！难道你的心肠真这样硬?)

*

墙是一把刀,将一个甜梦切成两份忧郁。

(君瑞呀,不是我的心肠硬,她想。我无意将你当作玩具,更无意将你当作贼。实在是阿妈太顽固。我没有勇气反抗,才会弄成这个模样。君瑞呀,我知道你爱我,而我也爱你,但是我们的事,就这样算了吧！你年纪轻,学问又好,赶快上京应试,何必继续留在这里?……忘了我吧,痴心的人!)

*

墙是一把刀,将一个甜梦切成两份忧郁。

(不行！他想。我忘不了你！我这一辈子也忘不了你！莺莺,你已经将我的心窃去,我不能没有你！你若不嫁给我,我只有死路一条！不过,我做了鬼,不会放过你!)

*

墙是一把刀,将一个甜梦切成两份忧郁。

(我不会忘记你的,她想。君瑞呀,自从那天在大殿上见到你之后,我就将我的心交给你了。我不是那种水性杨花的女人,但是阿妈如此固执,我该怎么做?)

*

墙是一把刀,将一个甜梦切成两份忧郁。

(你若真心爱我,就该到西厢来与我相会,他想。既然红娘可以来，你为什么不可以？这件事不是做不到的，除非你没有决心！莺莺呀，请你不要再迟疑，否则，我就没有命了！）

*

墙是一把刀，将一个甜梦切成两份忧郁。

（请你忘掉我吧，她想。）

*

墙是一把刀，将一个甜梦切成两份忧郁。

（我死也不会忘记你的，他想。）

*

墙是一把刀，将一个甜梦切成两份忧郁。

她哭了。

*

墙是一把刀，将一个甜梦切成两份忧郁。

他也哭了。

第八卷

“张先生病了。”法聪对法本说。

“张先生病了。”法本对老夫人说。

“张先生病了。”老夫人对红娘说。

“张先生病了。”红娘对崔莺莺说。

“我有一个药方，请你带给张先生，吃了一定痊愈。”崔莺莺对红娘说。

*

挑选过的语言，乃是一首有云有雨的诗。灵药似仙丹，张君瑞才发觉自己仍在喜剧中串演丑角。辨不出甜与酸，苦与辣。

声音探测光度之强弱，光是雾的征服者，心上浓雾弥漫，仍能见到一丝光芒。

他看到一出悲剧，然后看到一出喜剧——一出有他参加演出的喜剧。

渴与饥。灵魂变成时间的房客。

装一袋月光。

哲学寻找人生的真谛时，小蝴蝶也难解人类的忧闷。那是月光皎洁的深夜里，绣花鞋在石径上遗留浓香，风拂过，草丛间的小虫也醒了。

“这是多么难为情的事。”莺莺说。

“你在‘药方’上写得清清楚楚。”红娘说。

“给人知道了，今后还能做人？”

“除了我，谁会知道？”

“红娘。”

“怕什么？”

“怕我自己。”

轻轻推开板门，绣花鞋忽然羞惭起来了。在她的生命中，初次出现火星。

“你若不去，他就没有命了。”红娘说。

“我能这样做？”

“你不能不这样做。”

“为什么？”

“你布设了捕捉自己的陷阱。”

一个未完成的梦，必须用爱情、用封建时代的大胆、用一个少女的秘密去孕育。

等待开花原是一种痛苦。

并非花朵不迷人，而是等待太难忍。

那是一个纯诗的境界，一片蓝，只有芝麻那么一点红镶在中间，非常突出。可宝贵的红哟……今晚的温存将是明日的忧虑。

年轻人第一次典质自己的感情，让爱情与爱情的触须在黑暗寻找喜悦。

形成了一幅纯圆圈的图画。圆圈在上。圆圈在下。圆圈在四次元空间跳排舞。

蓝色的圆圈。红色的圆圈。橙色的圆圈。紫色的圆圈。白色的圆圈。黑色的圆圈。

圆圈不圆。

不圆的圆圈在圆圈中兜圈。

哈哈诞生于午夜，美丽在贪婪的眼睛前展览美丽。

闭目又欲捕捉静穆，含泪的微笑具有某种蛊惑。不是悲哀的，都是喜悦。

最不能忍受雄鸡的喜管闲事，寻梦者在纯诗的境界中征服饥渴。

“你像五月雨的多幻变。”他说。

“你有风暴之力。”她说。

“我以为我死在一个烟雾弥漫的岛上。”

“现在呢？”

“烟雾消散于喜悦出现时。”

“那是因为春天来得太早。”

“早来的春天常是荒唐的制造者。”

“没有后悔？”

“错误的问题不会产生合理的答复。”

“你一定是个古琴爱好者。”

醉了，一对年轻人饮下过量的感情酒。圆圈仍在四次元空间舞蹈，忽隐，忽现。没有“过去”。没有“未来”。一若忙碌的蝴蝶，在花丛中忘掉深沉的蓝色。世界像一只船，在宇宙的大海中航行。一切都是“无”。一切都是“有”。所有的存在皆不存在，唯浮现者尚有一瞬之力。没有火焰的温暖最无恐惧，两个世界遂合并为一。菩萨在年轻人的梦中寻找真理，年轻人但求一吻后永不清醒。现实未必值得留恋，唯远行人的足印可以预支信任。爱情是一个可靠的舵手，它将带

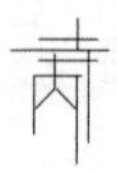

领梦者前往童话里的王国。

第九卷

秘密呈现在眉梢，只为昼夜的对换。那个在白昼贪睡的女人，晚上总爱寻觅流星之一瞬。

花猫不再徘徊在厨房门前。

第一只穿窗而入的蝴蝶，最先看到和谐与融洽。红娘并不知道X代表什么；她只有好奇。

“莺莺，莺莺，你是神。”张君瑞说。

“莺莺，莺莺，你使我痴狂。”张君瑞说。

“莺莺，莺莺，死去的时间复活了。”张君瑞说。

夜风压紧纸窗，有竹的手指在纸上绘画。爱情如陈酒，香气四溢。

呆站门边的红娘第一次产生醉的感觉，以为蝴蝶诱开了花朵。猫的惊跃是如此突然，使明亮的月光在极度的固执中也出现羞惭的晕影。

“扶我回房。”莺惊声似蚊叫。

绣花鞋突生脱兔之疾，院径上，有羞怯迅速滚过。

“为什么这样慌张?”红娘问。

“太阳已醒。”

“太阳不会泄露你的秘密。”

"那帘前的鹦鹉有一条长长的舌头。"

*

"是的,那帘前的鹦鹉有一条长长的舌头。"欢郎对老夫人说。

"鹦鹉告诉我,姐姐每夜都去西厢狂欢以荒唐。"

"西厢不是住着一个男人?"老夫人问。

"一个年轻的男人。"

愤怒有骤雨的暴戾,鞭子握在手中。红娘无法掩饰已逝的千万刹那,每一鞭,一个呼号。

"我愿意见到花朵的开放,"她说,"但是破坏的责任在你。"

"死丫头,你太大胆!"

鞭影的游舞,连春天也不敢露脸了。泪是透明的。血液在血管中竞赛。

"讲实话,那个男人……"老夫人羞于破坏猥亵的完整。

"你自己应该负全责!"红娘说。

"死丫头,非揍死你不可!"

"你是一只野兽,因饥饿而吃下自己的诺言!"红娘说。

反抗的茁长,必须灌溉以勇敢。勇敢是愤怒的儿子;而红娘是一个愤怒的人。红娘正在咀嚼倔强的精神,企图在皮鞭的呼呼声中寻求真理。

这是一定要发生的。

那从小学会了忍耐的女人，偶尔也会梦见火山爆发。

撒些粉，擦亮梦的边缘。

但现实也有光泽。

相国门楣里的道德观教育了两个叛徒，甚至千手之神也不能平息感情的波澜。千金小姐做了一桩并不荒唐而被人视作荒唐的事。不值得惊诧，木头变成小船而已。

如果声音也有颜色，鞭声是黑的。

如果远方的笛声能够与虫鸣合拍，月中的嫦娥也不会翩翩起舞。

如果眼泪可以抵挡鞭挞，老夫人非病不可。

如果西厢没有红娘，这故事就不能保持新鲜。

如果红娘不反抗皮鞭，爱情必将失去应有的光泽。

如果爱情必须受到喝彩，崔莺莺是有点功劳的。

如果崔莺莺的感情也需要催生婆，红娘已尽最大的努力。

歌声自远而近，原来是千百年后的勇敢歌手。这天晚上，老夫人也做了一个荒唐的梦：一个十七八岁的小伙子，借月光辨认方向，不知是故意的错误，或想猎取好奇，竟走入她的卧房。这是必须惊诧的事，在梦中，她有了前所未有的喜悦。然后，她梦见自己的衣服给小伙子脱去，并不感到羞惭，因为相国在世时也常有这种动作。然后床变成池塘，出现了鸳鸯的缠绵。时光突然倒流，老夫人笑声咯咯。“你待我太好了，不知道应该怎样补报你？”她说。于是小伙子做了许多预言，说是将来的人类可以有电灯，有飞船，有走路的机器，有老年的妇人出钱向年轻男人购买爱情。……老夫人不能容纳太多的喜悦，遂产生长途跋涉之疲。情感瘫痪，醒来始知黄金的无用。她欲购买爱情，却无由致送亮得发光的黄金。这是很悲哀的事情，老夫人只希望生存在千百年后的那个荒唐时代。

老夫人在回忆中寻找自己，看到了那个额角还没有皱纹的女人。

回忆非镜，一切倒也清晰。

没有皱纹的女人是她，然而已经不是她了。

老夫人是一只破碎的花瓶，流尽时间的溶液时，花朵因缺乏水分而凋谢。

黄金时代的希冀，与晚年的失望，不会有什么分别。老夫人是十分悲哀的，第一次越过梦之国境，胆子并不大，见到一些光辉灿烂的东西，心似打鼓。

所有的“明天”都会变成“昨天”。梦之国土上，“明天”是不存在的。老夫人看到了一朵花，鲜艳得很。问别人，才知道它的名字：“今天的快乐”。

（“今天”是快乐的元素，老夫人在梦中想。“今天的快乐”是元素中的元素。如果我胜利了，我额角上的皱纹必定消失。我知道：梦国的土壤里种着忧郁，而忧郁是快乐的

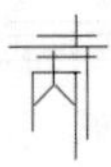

种子。)

继续在梦中行走,感情是一条跛腿。青春并非稀有品,老年人的动作也极轻佻。

山是不存在的。河是不存在的。房屋是不存在的。石桥是不存在的。云是不存在的。雨是不存在的。太阳是不存在的。月亮是不存在的。

在梦之国土上,只有一颗心。

唯其如此,她见到了山。她见到了河。她见到了房屋。她见到了石桥。她见到了云。她见到了雨。她见到了太阳。她见到了月亮。……

她见到了自己。

她见到了一个年轻的男人。

她见到了自己与那个年轻的男人睡在一起。

而那个年轻人竟是张君瑞。

*

觉醒来自荒唐。没有翼。唯阳光是最公正的裁判者。两颊绯红,不敢让檐上麻雀偷窥久藏的真实。

“你是有罪的。”麻雀说。

“我一直保持着清白。”她说。

“你有两栖的感情,你有罪。”麻雀说。

“我没有罪!”

“你应该跪在菩萨面前坦白说出你梦见的一切。”

*

悔意，似锅里的热水，放在炉火上。

第十卷

宁静合着眼，在阳光的摇篮中发抖。风声飕飕，落叶在地上旋转，这是一个阳光很好的下午，耳语有虫声之啾啾。

跟在红娘背后，红娘的脚步疾似雨点。风拂过，心在燃烧。

跨过高高的门槛，老夫人有一对正经的眼。昨天晚上，老夫人曾在梦中打开荒唐的出口，情感有固体的外形。此刻，不能让红色浸透两颊，眼睛依旧十分正经。

“你辱没了相国门第！”她说。

“是的，”张君瑞说，“我辱没了相国的门第。”

“你糟蹋了我的女儿！”

“是的，”张君瑞说，“我糟蹋了你的女儿。”

“我必须将你送去官府究办！”

“是的，”张君瑞说，“你必须将我送去官府究办。”

“你不应该病倒！”

“是的，”张君瑞说，“我不应该病倒。”

“你不应该设下陷阱，让我的女儿跌下去！”

“是的，”张君瑞说，“我不应该设下陷阱，让你的女儿跌

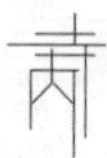

下去。”

“你是一个读书人,就该上京应试去!”

“是的,”张君瑞说,“我应该上京应试。”

“我家不招白衣女婿,你知道吗?”

“是的,”张君瑞说,“崔家三代不招白衣女婿,我知道。”

“快去收拾行装!”

“是的,”张君瑞说,“我应该收拾行装。”

*

灯以旁观者的眼睛欣赏筵席之丰盛,手里有一对羞怯的筷子,夹一块鱼肉在嘴里,竟尝到苹果的甜味。崔莺莺羞低着头,谛听自己的心语。面前是满桌的引诱,但老夫人的视线却如黏液般贴在张生的嘴角上。有一件早已发霉了的往事,唯回忆与想象才可把握。两个女人,两颗心。

小心的视线似露水润湿初放的莲瓣。三杯下肚,视线有一排饿虎的牙齿。

灯笑了,发出嘶嘶的声音。灯花四溅,连张君瑞也不知道自己被老夫人的眼睛蹂躏过几次。

(这个读书人一定有个滑腻的身体,她想。我的女儿有福了!)

依然有酒。

依然有笑。

灯下有视线的三角。老夫人用眼睛搜索痴狂。张君瑞用笔直之凝视欣赏美丽。崔莺莺尚未认识自己。

昨夜有一场过分热闹的梦，热闹中有舞的七彩与麻的混乱。她忘记了悲哀。

但是，“你上京后，岁月必为寂寞噬去。”——她没有勇气在酒席上将话说出。

对于老夫人，那是水里的月亮。

对于崔莺莺，寒冷是噩梦的原料。

对于张君瑞，噤默是一只古代的巨兽，噬掉所有的开始，却不愿见到终结。

为什么不能有铁条的坚定，一泪下坠，酒面出现老妪的狂笑。

“这是不必要的。”老夫人说。

“我并不感到悲哀。”莺莺说。

“为什么流泪？”老夫人问。

“那是喜悦的复制品。”崔莺莺惊答。

“不，”老夫人说，“那是喜悦的赝品。”

“不，”张君瑞说，“那是满溢的现象，属于喜悦，也属于悲哀。”

将画家的白色填满她的心，她的心仍是一个深渊。这个不想做官的年轻人，亦将骑马而去，让田野与山庄都变成他的布景，前边的一棵榕树，由小而大；后边的一棵榕树，由大变小。

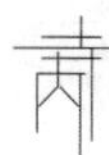

这是很好的，即将骑马而去的年轻人必替陈旧的故事寻找一个快乐的结尾，好让听故事的人在回家的道路上有说有笑。于是老夫人为他举杯预祝，欲望始获突破性的发展。

张君瑞用沉默询问。

崔莺莺答复以沉默。

红娘了然于凝视的内容，浅浅的笑，像蜻蜓点水。

不必担忧，苹果将为采果者透红。门窗紧闭的方室，先将春天捆绑起来，等待衣锦荣归的骄傲，再度嗅到春之气息。

“喝下这杯酒，”老夫人说，“今晚我将与菩萨做一次恳切的谈话，愿它赐君瑞一斤智慧，同时赐莺莺百丈耐性。”

夜是一张黑纸，星星变成翻阴文的诗句。

她的眼睛告诉他，她是爱他的。

他的眼睛有一种奇异的光芒，闪烁似烛光的跳跃。

神志被酒液浸透了，脑子很空洞，一切都已失去准绳，连说话的声音也失去抑扬顿挫。

思想脱去衣服，在一个光圈中展览自己。那不是现实，仅幻想企图再度呈现于迷糊。

谁洒了几滴雨在心中，离别者忙将感情之伞撑开。酒与哲学同时失去掌握之力，唯牙齿尚能咀嚼愁情。远方的风景有太多的风与太多的尘，没有伴侣时，湖水也带咸味。

然后是第十一杯酒。

彩色不能满足书生的欲望，在模糊的空间中冒充箭雨。

蓝的占过优势,然后黑色奔腾似万马。

“不必难过,当你衣锦荣归时,你们就可以拜堂成亲了……”

——这是他最后听到的话语。

*

他做了一场梦。

梦见自己变成一块手帕,被崔莺莺的玉指抓紧着。坐在格子窗外的风景前,手帕包裹着的忧郁被泪水浸湿了。

这是很有趣的经验,做一块手帕。

崔莺莺是个美人,只有手帕可嗅到她的汗臭。更荒唐的是:这个长期禁闭在闺房中的千金小姐,竟让手帕触摸了羞耻与污秽。

张君瑞做了这样一场梦,梦见自己变成手帕。

*

她也做了一场梦。

梦见自己变成一个小偷,轻步走进张君瑞的心房。那是一个奇异的地方,虽狭小,却展出了现实世界所缺少的一切。秘密坐在船上,探险者迷失路途。这里有春天的花,也有忧郁的音符。这里有万花筒的幻变,每一转,一个离奇的构图。

这是很有趣的经验,做一个小偷。

张君瑞是个读书人,只有小偷可以窥伺他的秘密。更荒唐的是:这书生的心之王国竟会如此繁复,如此多变,如此多

彩,如此离奇。

崔莺莺做了这样一场梦,梦见自己变成一个小偷。

第十一卷

那匹马,依旧拴在树旁,频频发出长啸,比骑马的人更不耐烦。

骑马的人有一份不可溶解的哀愁,无法用喜悦来补偿。

“记住,过桥一定要下马。”莺莺说。

“我记住了。”君瑞说。

中午。阳光似洪水,大地变成金色的海洋。树梢的白云,虽非悲剧的欣赏者,亦将飘去遥远的地方,向高山叙述缠绵的故事。阳光是明镜,秘密与羞惭与悲哀都无法逃遁。

“记住,坐竹筏过渡时,千万不要争先。”莺莺说。

“我记住了。”君瑞说。

阳光是阎王的手指,点穿人间所有的伪善。大风忽生拥抱之欲,长堤上的柳树都有震颤的手臂。

抬头时,泪眼模糊。

“记住,天冷宁可多加一件衣服。”莺莺说。

“我记住了。”君瑞说。

忧郁不会因阳光的照射而投下影子,忧郁晒不干。阳光有暴君的心情,云少的日子,也不能使忧郁屈服。这时候,雀噪如两个对骂的泼妇。路旁有一块发疯的石头,正在忏悔。

晴空是大自然的天花板。

"记住,钱财不可露眼。"莺莺说。

"我记住了。"君瑞说。

哀愁是一只饥饿的野兽,吃掉了无手的智慧。读书人应该流泪的,为了创伤的形成。但是,他噙了眼泪,当他想起昨夜的月光时。

"记住,山野多黑店,投宿要小心。"莺莺说。

"我记住了。"君瑞说。

这不是裂痕,只是情绪受了伤。那拴在树旁的马匹急于表现,刺耳的啸声,似在催促张生快走。

"记住,登了金榜之后,速差琴童送信来。"莺莺说。

"我记住了。"君瑞说。

君瑞解开马索,夕阳已偏西。临别的时间有箭之迅疾,黑夜即将噬去白昼,君瑞说:

"送君千里,终须一别,莺莺,你请回去吧。"

纵身跃上马背。

当他骑马而去时,莺莺觉得自己是个陌生者。

张生远去了。

树的行列正在齐步撤退。道路似皮带,向后抽去。风景一幅继一幅调换……

蹄声嘚嘚,泪眼模糊。

张生的远去，一若夜幕绑架白昼，无情中含有强横，留下无限的怅惜。日子将更长，负担必更重，刚从梦中惊醒的少女，只好在回忆中寻觅快乐。

太阳被远山噬没，一缕淡烟，像顽童似的在空间捕捉寂寥。人远了。蹄声远了。唯挂在马匹颈上的铃声仍在耳畔舞蹈。

夕阳的手指有漆匠之敏捷，一层红，一层灰，然后黑色占领一切。

“小姐，我们该回去了。”红娘说。

“等张先生拐了弯，就回去。”

“张先生早已越过山头。”

“别胡说，前边小石屋旁，不正是骑着马匹的张先生？”

“不，那不是张先生，那是一堆稻草。”

“不会弄错的。”莺莺说，“你听，马嘶依旧未停。”

“那不是马嘶。”

“不是马嘶，是什么？”

“风声。”

（现在，他应该在宿店进食了，莺莺想。他是一个读书人，在马背上颠簸了那么久，会有胃口吃东西吗？如果吃不下的话，可以饮一点酒。酒不能浇愁，却可以驱寒。不错，他应该喝一点酒的；只是不能喝得太多。喝得太多，会醉。醉了，身上的银两可能被歹徒窃去。银两被窃，不饿死，也考不到功名。所以,他不能喝酒。一滴也不能喝。他必须保持头脑的清醒,甚至上床安睡时……不,不对,一个人睡着了,怎能保持头脑清醒?他应该将银两绑在腰间……对!他必须将银两绑在腰间。啊哟!刚才在十里亭的时候,说了那么多的废话,为什么不教他将银两绑在身上?……这是我自己不好,我不应该送他那么多的银两!……不,不,没有银两,怎能上京赶考?……不如派红娘追去跟他讲?……红娘不会骑马……君瑞,你现在究竟在什么地方?……也许那是黑店,歹徒会不会趁黑夜将他杀死,然后做成肉包子牟利?……)

回忆睁开双眼,正在偷窥自己内心的秘密。感慨于往事的如梦,只为那个读书人骑马而去了。爱情搁浅,风也彷徨无主。

无处倾诉,点一支香,让袅袅的轻烟,将她的愿望带去高山的另一边。

第一炷香与第二炷香之间,她说了一些只有自己才能听到的话语。

第三炷香,她没有将话说出。

愿望必须找个歇脚的所在,那密布的愁云,已预告风雨之将至。

一切都是畸形的,夜色正在咀嚼寂寞。那是一块垦熟的田,缺乏小鸟的啁啾。

用手轻抚自己的嘴唇,这唇是张生吻过的。

将桶投入情感中,汲得一桶失望。当噩梦为寂寞的少女制造惊奇时,思想似飞泉之喷溅。

那是一个杂乱无章的梦。

蹄声。蹄声。无休止的蹄声。有志气的人,必须求功求名。那是一排短墙,阻挡不了雌狗跃入。黑店。黑店的老板用人肉做包子。张君瑞变成肉馅。张君瑞的学问变成肉馅。张君瑞的感情变成肉馅。张君瑞就是肉馅。贫瘠的意义。远山与荒村的结合。星星比较恬淡,老年人还求什么荣华富贵?读书的人上山去了。感情的渣滓。尘土迷住视线。弦线是蜘蛛的家。关闭的纸窗。一尺哀愁。天色出现痛苦的表情。

……醒来,鹦鹉正在仿效张生的口气:

“我很高兴。”

“畜生,不容你多嘴。”崔莺莺说。

鹦鹉喜欢搬弄是非,竟说张生昨夜在逛妓院。崔莺莺问它:

“你怎会知道?”

“这叫作感通。”

“胡言乱语!”

“不是胡言乱语,”鹦鹉说,“他在王团姐那里看中一个善歌的妓女。”

莺莺泪如泉涌。

“红娘！红娘!”

“什么事,小姐?”

“拿一把刀来。”

“为什么?”

“我要宰杀这只多嘴的鹦鹉!”

（张君瑞上京之后,崔莺莺变了,红娘想。崔莺莺变得如此不正常,居然清早起来就要宰杀那只鹦鹉。我应该将这件事禀告老夫人?……不,不能这样做。老夫人神经衰弱,知道崔莺莺要宰杀鹦鹉,一定会请医生来替她把脉了……但是,崔莺莺为什么要杀死那只鹦鹉?这样做,必须有个理由。即使疯人,想杀死一只鹦鹉,也不能没有理由……张君瑞去了之后,崔莺莺情绪不好,乃是必然的事情,但是,为什么要杀死一只鹦鹉?这里边必须有个理由。)

“红娘！红娘!”

“嗯?”

“你聋了?”

“没有聋。”

“拿一把刀来!”

“你当真要宰杀这只鹦鹉?”

“是的。”

“为什么?”

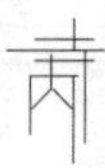

“不必问理由，拿把刀来！”

（她疯了，红娘想。她一定疯了，要不然，为什么要杀死鹦鹉？张君瑞走了，她的感情得不到发泄，就拿鹦鹉出气。我该怎么办？不去拿刀，她会生气；依从她的意思，她就会将鹦鹉杀死。我该怎么办？不如走去禀告老夫人。）

老夫人像求伴的旅客，在卧房中用念佛珠计算寂寥。岁月太慢，迟钝似蜗牛。风的呻吟，似已了解迟暮的定义。那场梦，早已褪了色，但老年人仍不愿将旧日的故事用火焚烧。

崔莺莺是一个在希望中生存的人。老夫人是一个在回忆中生存的人。

梦寐不能收拾万斗愁。

幻觉也不是新寓言的原料。

纸窗涂着太多的阳光，回忆也不是特效药。树梢偶有鸟雀的啁啾。上了年纪的妇人，希望在孤独中寻回失去的快乐。

“老夫人，”红娘说，“小姐要杀死那只鹦鹉。”

“什么？”

“小姐要杀死那只鹦鹉！”

“她一定疯了！”

“自从张生走了之后，她就不正常。”

第一个表情：?

第二个表情：!

第三个表情：。

老夫人猜不出女儿的心事是什么形状，只觉得事情必须有个解释，远梦的重荷不会压破希望，年轻人何必恐惧果实的失去红色？

疑惑的徜徉，有鸽步的姿态。不是忧郁。不是烦躁。不是愤怒。不是羞愧。不是惮。不是喜。

“但是，”老夫人问，“你为什么要杀死那只鹦鹉？”

“它多嘴。”莺莺说。

“红娘，”老夫人说，“将鹦鹉拎去我的房内。”

*

失眠的月亮忽发奇想，太阳也会走来与寂寞决斗吗？

声声犬吠，似长刀划破沉寂。午夜梦回，痴心人只当状元已骑马而来。

睁眼仍有无限怅惜，寂寥依然。半窗月色，不会发热。猛然忆起若干年前的求婚者，如同一出廉价的悲剧，出诸吝啬的手笔，缺乏应有的从容。

她很孤独，因为孤独是远行人留下的东西。梦破，细细咀嚼爱情的复杂，纵有所悟也不甚清楚。

怅惜换不到一丝安慰。

回忆只够织成一声叹息。

爱情似雾。雾中人看不清那些原极清晰的事物。

夜风猎猎，似泣，似诉。

（什么时候回来？她想。看他作的诗，是应该考中状元的。只要考中状元，他就会穿着大红袍子，骑着白马，在开道的锣声中，接受闲观者的钦羡。一切欢乐都必须付出代价。现在的寂寥，可以调换未来的欢乐。）

院中有鸡啼。

翻身下床，走去窗边张望，月光仍皎洁。檐铃玎玲，旧巢边又多了几圈蛛网。

那只醒得太早的雄鸡，一定也是一个失眠症患者。寺外传来犬吠，准是轻步而来的小偷又被荆棘绊倒。

第十二卷

"小姐，小姐，喜讯到了！"

红娘扑跌似老妪，喜悦惊走病魔，久久卧床的崔莺莺一跃而起，语出始知失措，连声音的脚步也有之字形的曲折。

"什么事？"

"琴童来了，说张先生连登及第，已经中了探花郎，现在暂居招贤馆！"

"真有此事？"

"真的。"

"我不是在做梦？"

"你当然会梦见过的；不过，现在是事实。"

"琴童在哪里?"

满脸风尘掩饰不了疲惫,那笑容,无须用酒液灌溉,仍极健康。家书甚于万金,灰色突呈红润。

"……上赖祖宗之荫,下托贤妻之德,得中探花郎。目下暂居招贤馆,候御笔亲除……"真实的字与句,唤醒沉睡中的狂喜。

"琴童,"她说,"到后边吃饭去,好好睡一觉,明朝为我带封回信去。"

*

今晚是明晚的昨晚。

必须抓紧今晚以及茁长于今天的喜悦。一支笔,刻画不了喜悦的形态。灯花爆溅,难道是神的手指在拨弄灯油?先将忧愁埋葬了,然后写一首诗。辨不出失去的快乐是方抑圆?来日的快乐已获得明确的认识。那是一朵花,含苞未放,但蝴蝶已在周围飞舞。

"带一件绒线衫给他。"莺莺说。

"为什么?"红娘问。

"这是我手织的,给他一些温暖。"莺莺答。

"带一对袜给他。"莺莺说。

"为什么?"红娘问。

"给他穿上了,不好意思闯进妓院胡搅。"莺莺答。

"带一首诗给他。"莺莺说。

“为什么？”红娘问。

“使他不敢太骄傲！”莺莺答。

红娘笑。莺莺也笑。

今晚是明晚的昨晚，必须抓紧今晚以及茁长于今晚的喜悦。一首诗，出现在酒杯满泻的时候。

翌晨。琴僮扬鞭于晨曦，两旁鸡啼频频，崔莺莺的眼睛突生决堤之泛。

事情原是有次序的。有个名叫郑恒的年轻人，在极度的愤怒中携来满身灰尘。

诺言早已破裂，愤怒是眼睛的胎儿。那失恋的人，擎起幻想，用言语制造楼与阁。

“张探花已在魏府拜堂成亲。”他说。

“真有其事？”老夫人问。

“魏尚书爱才，将女儿许配与他，招为女婿。”

“这是不可能的。”

“有什么特殊的理由吗？”

“张君瑞是个守信义的人。”

“张君瑞也是一个庸俗的男子，抵受不了荣华富贵的引诱。”

“不会有的事，不会有的事！”

*

法本长老疾步而至，说：

“张君瑞除授河中府尹,衣锦荣归,报马接一连二涌至,随时都可以抵达!”

十里亭边的视线接吻,泪水是爱情的珍珠。

“你走后,”莺莺说,“每一场梦中,总会有你的书信从遥远的地方来到。”

君瑞说:“京城的岁月已被寂寞噬去,哀愁常被酒液浸透。”

“寺内的岁月也无彩色,”莺莺说,“连夜的风雨使我无法排遣悲戚。”

“噩梦已醒,这是干燥而又年轻的岁月。”

*

于是群眼齐观莺莺的腼腆,河之对岸有个名叫郑恒的少年正在偷拭泪水。这是不完整的报应,桥边的孤松仍有其存在的意义。

这一边,喜悦与喜悦在喜悦中舞蹈。所有的“?”都已变成水泡。神仙们耐不住天庭的单调,纷纷用眼睛捕捉人间的新鲜。

浮沉于书与夜之间的希望,那做官的人终于忘却旅途劳顿。景物之倒影,垂钓者第一次露了笑容。

“如果没有别离的痛苦,”他说,“此刻的快乐也难振翅高飞。”

叮——咚——叮咚。

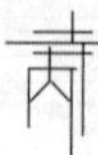

故事为弦线的抖动而舞蹈，最后的音符在另一端找到老家。

一九六四春作

一九八一年二月二十五日修改

蟑　螂

一

一只蟑螂，像流星，突然出现，突然消失。丁普的思路被岔开了，手里执着笔，一个字也写不出。一周前，写好一封信，用糨糊封口，在桌面上放了一晚，第二天早晨，信封被蟑螂咬烂一条边。

天气闷热，闷得连呼吸也感到困难，仿佛被关在密不通风的贮藏室里，很不舒服。已是阳历十月了，亚热带的气候，在低气压过境前夕，依旧闷热。丁普坐在灯下赶稿，台灯发散出来的那一点热，使他难受。他不自觉地咕哝几句，声音很低。

坐在衣车边替丈夫车睡衣的丁太太问："你在说什么？"

丁普蓦地将手里的钢笔掷在桌面。——突如其来的动作，使丁太太吃了一惊。

"我必须改行！"丁普说出这句话时，口气好像在跟别人

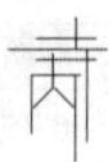

吵架。他并不是第一次说这样的话。每一次文思受阻，就会发牢骚。

丁普没有大志；也没有野心。对于他，生存是个谜，继续生存则是顺天理。其实，他也不是一个彻底的隐遁主义者，偶然的领悟是有的，却不是真正的觉醒。他是个无神论者，走进教堂或庙宇时，总觉得生存不过是一种自然现象，出世与入世皆不能解决问题。生存如果有什么意义的话，那是因为所有的生命都会死亡。而死亡却是永恒之根。丁普对工作感到厌倦时就会想到这些问题。这是思想的散步，可以恢复疲劳。

丁普的书桌很小，只能放一些简单的文具。这书桌放在窗边，抬起头，可以望到更多的窗户。这些窗户到了夜晚，有的亮着电灯，有的则是一方块黑色。

就一般的居住环境来说，王家分租给丁氏夫妇的两个房间，不算好，也不算太坏。最低限度，对面那幢大厦，距离并不太近，隔着一条街。

纵然隔着一条街，每一次丁普抬起头来，仍可清晰见到每一个窗内的动静——如果那窗户亮着电灯的话。香港人对这种“对窗”的环境，都不喜欢。不过，这些窗户也不是完全没有娱乐性的。尤其是丁普，每天必须伏案数小时，偶一抬头，就可以将这些窗户里的动态当作戏剧来欣赏。丁普不认识那些窗内的人物，一个也不认识，只因时日已久，对每一个窗户里的人物多少有些认识。根据丁普看窗的经验，最好的时间，应该是深夜过后。那时候，大部分窗户的灯火都已熄灭，剩下少数几个依旧亮着灯光，衬以黑暗的窗户，显得非常突出。每当文思不畅时，他就会抬头做一次不经意的眺望。他甚至知道哪一个窗户里的主妇常常击打孩子；哪一个窗户里的两夫妇常常吵架；哪一个窗户里住着单身女子；哪一个窗户里住着一个风烛残年的老妪；哪一个窗户里养着一只狗，成天狂吠；哪一个窗户里经常将百叶帘放下；哪一个窗户前经常有三角裤与乳罩放在晾竿上。

丁普称这些窗户为“浓缩的现实”。

看了一会对窗，丁普额上有黄豆般的汗珠排出，一边用手帕拭汗，一边继续“爬格子”。

那蟑螂又出现了。这一次，并不立刻奔跑，贴在墙壁上，静静的，一动也不动，仿佛在等什么。如果不是因为触须尚在抖动，丁普可能会以为它已死去。谈到死，蟑螂似乎注定要被人打死的。人类憎恨蟑螂。

丁普轻轻举起苍蝇拍，以迅雷不及掩耳的手法向那蟑螂拍去。蟑螂逃脱。丁普很失望，因此产生了受辱感，必须将它打死。

时候已不早，对街那些窗户里的灯火大部已熄灭。他还有一千多字要赶。

赶稿时，那只蟑螂出现了。丁普从眼梢中见到它沿着书

架的边缘像流星般疾步而过。不愿错失这个机会，他举起苍蝇拍，重重拍了一下，声音很响，却没有将蟑螂拍死。

“你在做什么？”丁太太问。

“拍蟑螂！”

“苍蝇拍是拍苍蝇的。”

丁太太的意思是：用苍蝇拍拍蟑螂，显然是选错了工具。丁普的想法是：苍蝇拍既可拍死苍蝇，当然也可以拍死蟑螂。不过，此刻的他，虽不作声，脸孔却涨得通红，像是羞惭，其实是被那只蟑螂激怒了。他的尊严已受到伤害，非在那只蟑螂身上表现他的权威不可。他具有杀死蟑螂的能力，必须将那只蟑螂杀死。他已工作了好几个钟头，早已将身子弄得非常疲倦。一个疲倦的人，最易恼怒。他蓄意要杀死那只蟑螂，除了表现权力外，还想以此作为一种发泄。可是那蟑螂仿佛故意跟他开玩笑似的，忽隐忽现。丁普心里燃起无名火，紧握苍蝇拍，睁大眼睛凝视蟑螂隐没的地方，眼球比平时突得更出，泛浮着凶恶的青光。在等待那只蟑螂重现时，心跳加速。

“你在做什么？”丁太太问。

丁普转过身来，提起脚跟，轻步走到妻子旁边，将嘴巴凑在她耳边：

“我在拍蟑螂。”

“苍蝇拍是用来拍苍蝇的。”

“别那么大声。”

“怕什么?”

“蟑螂听到你的声音就不会出来了。”

“蟑螂才不理这一套！当它们想咬东西时,即使开着收音机,也会到处乱窜。”

“这一只不同。”

“什么不同?”

“它……它在戏弄我。”

“你一定非常疲倦了。”

夜渐深,丁普必须将应写的稿子赶好。气候闷热,有闪电。这是阳历十月,通常不大会有雷雨。台灯像只小电炉,照在脸上,热辣辣的。脑子迟钝,性情浮躁。这是应该上床的时候了。智能逐渐失去控制力,握着笔的手仍在写字。不过,这只是一种机械的动作。他的脑子空洞得像只大气球。

落雨了。雨点从疏落到急骤,最后变成水晶帘子,挂在窗前,连对街的“景色”也模糊不清。丁普放下原子笔,做一次深呼吸,内脏感到清凉。雨水从窗外吹进来,打在稿纸上,使那些已经写好的字迹化成湿晕。他站起身,关上窗子。室内依旧闷热。虽然气窗还开着,外边的凉风仍不能一下子将室内的闷热之气驱出。

蟑螂又出现了,丁普并没有立刻用苍蝇拍去拍,因为苍蝇拍放在距离他约有六呎之处,不能随手拿到。

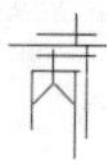

文思受到阻碍，睁大眼睛凝视那只蟑螂。

这是一只大蟑螂，约有一吋半长，六条腿看来相当粗壮。当它贴在墙上不动时，触须如同京戏里的雉尾生正在表演“耍翎子”的功夫。

对付一只蟑螂，应该是不成问题的，只需举手之劳，就可以将它打死。这是天赋的权力，蟑螂也许不知道，丁普不会不清楚。

侧身弯腰，伸手去拿拖鞋。由于苍蝇拍不能发挥应有的效能，他决定更换武器。拖鞋的鞋底是脏的，击打蟑螂，必会弄脏墙壁。为了获得感情上的宣泄，也顾不得这么多了。

悄没声儿拿起拖鞋，高高举起，以敏捷的手法向蟑螂打去。

蟑螂没有被他打死，只断了一条腿。

那条断了的腿贴在墙上。受伤的蟑螂转瞬不见。

“你瞧你，稿子不写，老是跟那只蟑螂过不去，将墙壁都弄脏了！”

那只受伤的蟑螂早已不知逃去什么地方，丁普纵有追杀之意，未必能够立刻找到它。时已不早，继续浪费时间，就会得不到充分的睡眠。雨势似已转弱，打开一扇窗子，让清新空气从外边吹进来。丁普吸到清新的空气，精神为之一振，要不了半个钟头，便将一千字写好了。他感到疲劳，必须用睡眠恢复已耗的精力。上床。翻来覆去，不能入睡。脑子静不下来,每一次合上眼皮,就会想到那只“可憎的蟑螂”。刚才,他用拖鞋击打那只蟑螂时,偏了这么一点,没有击中它的要害,要不然,这口气也就出掉了。其实,蟑螂虽然可恨,究属弱者,打死它,不会使丁普增加一分骄傲;不过,费了那么大的气力,仍不能置它于死地,丁普心里总有些不舒服。他想到了一些有关生命的问题,这些问题像潮水般涌来涌去,只是难于找到不容置辩的答案。如果生命必须有个意义的话,可能只是与死亡的搏斗。那只断了一条腿的蟑螂今晚虽然未死,总有一天要死的。想到这里,神志渐渐迷糊。他做了一场梦,梦见自己走入一个奇异的境界,展现在眼前的是黑压压的一片。起先,他以为是黑色泥土;后来,才知道不是。泥土是不会动的,但是这广袤无壤的黑地居然蠕动了。他吃了一惊,那黑地突呈分裂,定睛观看,所见的黑地竟是千千万万硕大无朋的蟑螂。这些蟑螂的身体,每一只都比丁普大几倍,形状可怖。丁普从来没有见过这样的怪物,心似打鼓,扑通扑通乱跳,不知道应该怎样对付这些可怕的动物。想逃,蟑螂已从四面八方逼近来。想喊,喉咙给什么东西堵住了,发不出声音。蟑螂们的眼睛,仿佛水晶球一般,绿油油的,射出绿色的光芒。这些光芒,四处乱射,形成极其恐怖的气氛。

那些硕大无朋的蟑螂们,志在报仇泄恨,忽然散开,留下一些不规则的空间,让丁普在八阵图式的环境中,拼力奔跑,

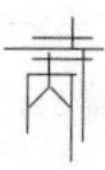

寻找出路。

找不到出路,只在蟑螂与蟑螂之间无望地奔跑,奔跑,奔跑……

浑身出汗,使他产生浸在水中的感觉。但是,他没有浸在水中。他只是在一个恐怖的境界中奔跑。……极度的恐慌,几乎将他的理性夺去。他听到震耳欲聋的吼声,必须用手掩住自己的耳朵。抬头观看,才知道吼声发自蟑螂。蟑螂怎会发出这样巨大的声音?他不解。他已恐慌到了极点,如同疯子一般,拼命奔跑,嘶声呐喊。

蟑螂不可能有这种恐怖的形态。出现在他面前的蟑螂,几乎变成一群原始动物了,大得可怕,充满侵略意味。

在这种情形下,蟑螂们想弄死丁普,是一件轻而易举的事情,但它们不愿这样做。它们要戏弄丁普,不愿意让他死得太早。

处在这些巨大的蟑螂堆中,丁普觉得自己非常渺小。这种感觉,也许正是蟑螂在现实生活中见到人类所产生的感觉。

一切都调换了位置。他的权力已消失,再也不能用苍蝇拍或拖鞋去击毙任何一只蟑螂。相反的,任何一只蟑螂都可以轻易将他击毙。

蟑螂与人类并无二致,当它们掌握权力时,也会滥用,只是它们采取的方式更狠:要对方在极度的痛苦中认识权力的可怕。

丁普已彻底了解弱者的痛苦,处在这种环境里,得不到任何帮助。

处在这种境界里,只有一个愿望:早些死去。他已失去一切,也不能要求什么。死,乃是唯一的道路。但是,蟑螂们不肯让他死。蟑螂们似乎存心将它们的快乐建筑在丁普的痛苦上,虐待他、迫害他、戏弄他。丁普虽已精疲力竭,仍不能不在极度的惊惶中奔跑,奔跑,无休止地奔跑……

蟑螂们的吼声,犹如惊浪骇涛在怒海中澎湃不已。这个是海,蟑螂也不能发出吼声。问题是,丁普竟走进这样一个不可能的境界。

他从未这样恐惧过。恐惧已夺去他的生之意志。浑身热辣辣的,内脏好像在燃烧。他以为自己病了。

"让我死!"

他喊出这样一句话。

喊出的声音竟是如此的微弱。

站定,呼吸短促。出现在面前的,仍是成千成万硕大无朋的蟑螂。他想死,只是找不到方法来结束自己的生命。如果他身上有一把小刀子,甚至是一块很薄很薄的刀片,他就无须继续接受痛苦了。他身上连一支小针也没有。

侧着头,将蟑螂的腹部当作墙,拼命撞去,以为这样就可以获得解脱,结果依旧没有死成。

死亡，在这个时候，已变成最宝贵的东西。丁普不要生命，却得不到死亡。

他从来没有这样需要过死亡，仿佛死亡已成为“最终目的”。

起先，他以为他的仇敌就是蟑螂，现在他知道这想法并不正确。他的敌人是他自己。只要有办法消灭自己，就可以将他的敌人击倒。

处在蟑螂的包围中，比掉入深渊更可怕。他有勇气接受死亡，却没有勇气继续生存。

在无可奈何中，又狂叫了一声。

有人摇动他的肩膀，他醒了。

“你怎么啦？”他的妻子问。

神志仍未清醒，他仍不相信已从极度恐怖的境界中回到现实。

“怎么啦？你刚才在梦中呐喊。”

丁太太伸手扭亮床头几上的台灯，灯光犹如长针，刺得丁普睁不开眼。丁普已醒，只因眼睛不能适应强烈的光芒，必须用手去遮挡灯光的侵袭。

虽已回到现实，仍不能克服内心的恐惧。

“做了噩梦？”丁太太问。

这是熟悉的声音。唯其熟悉，才会产生镇定作用。丁普偏过脸去，对睡在旁边的妻子投以疑虑的凝视。他仍有疑虑，不相信已回到现实。那些巨大的蟑螂已不见，凭借灯光，再一次见到了这个温暖的家，以及那些熟悉的东西。

"我做了一场噩梦。"他说。

"梦见什么？"丁太太问。

丁普没有勇气将梦中情景讲出，只好撒谎，说在梦中跌入深渊。丁太太笑了。丁普伸出手去，将床头几上的劳力士手表拿过来，定睛细看：三点半。

"快睡吧，别胡思乱想。"丁太太说。

台灯扭熄。丁太太一合眼，就睡着。丁普老是辗转反侧，不能入睡。他不是一个胆怯者。想着刚才那场噩梦，犹有余悸。他知道这种恐惧心理是荒谬的；荒谬的恐惧心理却像绳索一般，捆绑着他，使他不能获得片刻的安宁。展现在眼前的，只是黑黝黝的一片。他讨厌蟑螂。他的思虑机构忽然出现一些可怕的画面，这些画面清楚得像电影的大特写。好几次，他要转移思路，但控制力已失。他不自觉地喊了一声。丁太太从睡梦中惊醒，伸出手去扭亮电灯：

"怎么啦？"

丁普不答。

"又做噩梦？"他的妻子问。

丁普摇摇头，呼吸失去应有的均匀，额角有汗珠排出。

"不舒服？"丁太太问。

"没有什么。"他答。

“明天还有许多事情要做,快睡吧。你心里的恐慌没有消除,亮着电灯,也许会好些。”

亮着电灯,情形好得多。他已十分疲惫,过不了五分钟就睡着了。睡着后,又做了一些混乱的梦。这一次的梦,给他的困扰并不大。醒来,雨已停。天色依旧阴霾,窗外吹进来的风,相当凉。丁普一骨碌翻身下床,觉得头重脚轻。这是醉后常有的现象。不过,昨晚没有喝过酒。当他洗脸时,他见到另一只蟑螂在浅蓝色的瓷砖上走来走去。想起昨夜那场噩梦,高高举起拖鞋,对准蟑螂重重一击。

蟑螂被压得扁扁的。贴在瓷砖上。丁普舒口气,撕下厕纸,将瓷砖上的蟑螂尸体抹去。

他杀死一只蟑螂。对于他,这是一件微不足道的事情。对于别人,这也是一件微不足道的事情。昨天晚上,他做了一个可怕的梦。现在,他在现实生活中杀戮一个生命。蟑螂的存在,与人类共一个天地,不会没有意义。

“如果这个世界根本没有蟑螂的话,生活在这个世界里的人,一定会获得更多的清静。”他想。

站在蟑螂的立场,如果这个世界根本没有人类的话,生活在这个世界里,该是多么的美好。对于它们,人类是最可怕的动物。

吃早餐时,丁太太问:

“昨天晚上,你究竟梦见了什么?”

提到昨天晚上的梦，丁普的眼睛出现两种表情，先是恐惧，然后愤怒。他说他做了一个梦，梦见自己跌入无底的深渊。这，当然是谎话。

吃过早餐，伏在书桌上写稿。

过了两个钟头左右，写好三千字，有点渴，站起身，走去斟茶。就在这时候，竟发现那只断了一条腿的蟑螂在沙发的靠手上吃力地爬行。丁普的情绪顿时紧张起来，睁大眼睛凝视那只蟑螂，想起昨夜梦中的情景，愤怒犹如火焰一般，在内心中熊熊燃烧。如果他想杀死这只蟑螂的话，那是最容易不过的。那蟑螂已受伤，连疾步奔跑的能力也没有。丁普要是不想弄脏沙发，只需用一样东西轻轻一拨，将蟑螂拨在地板上，用拖鞋一压，它就会死亡。丁普存心报复，不让那只蟑螂死得太快。只是伸出手去，以极其敏捷的手法，捉住它的触须高高提起，看它受苦。

蟑螂意识到自己处境的危殆。虽已受伤，剩下的五条腿，仍在凌空乱舞。丁普有点骄傲，脸上挂着胜利的微笑。犹如葛列佛在立立濮①将那些小人放在手掌上一样，用一种欣赏的心情去观察。所不同者，葛列佛是没有恶意的，丁普却在虐待那只蟑螂。

当那只蟑螂在做无望的挣扎时，丁普笑了。

---

① 葛列佛今通译格列佛，立立濮今通译利立浦特。出自英国作家斯威夫特长篇小说《格列佛游记》。

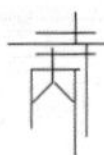

“现在，你的生死完全操在我的手中。我要你死，你非死不可！昨天晚上……”他说。

扭开水喉，在洗脸盆里盛满清水，将受伤的蟑螂放在水中。

蟑螂遭受丁普戏弄时，只当已获释放。虽然浸在水中，仍在拼力游泅。它于昨晚受伤，经过一夜的挣扎，体力的消耗，乃是必然的。此刻，自以为已逃出生天，只需排除水的障碍，就可以逃抵安全地带。它变成丁普眼中的小丑。

在昨夜的梦境中，他遭受蟑螂们的戏弄，感到了前所未有的恐惧与焦灼。现在，他必须报复了。他知道：蟑螂在水中要是翻转身的话，就会失去游泅的能力。于是伸出手去，用大拇指与食指捉住蟑螂的触须，从水中将蟑螂提起，又将它放回水中。这一次，故意使蟑螂背脊浮在水面。蟑螂很慌张，五条未受伤的大腿痉挛地乱爬。

丁普怀着报复心理观看蟑螂在死亡边缘上挣扎，感到极大的愉快。昨晚的梦，使他产生了不健康的报复心理。他一向讨厌蟑螂，现在这种讨厌的感觉已变成憎恨。

丁太太从厨房出来，经过冲凉房，见丁普两眼直直地望着洗脸的瓷盆，忙问：

“你在做什么？”

“这只蟑螂，昨晚被我用拖鞋打掉了一条腿，现在又出现了。”丁普答。

“既然又出现了,何不干脆将它打死?”

“它掉在水中。”

“赶快将它弄死吧。”

丁普并不将蟑螂弄死。他的妻子不明其意,掉转身,走入卧房。

再一次,丁普用手指捉住蟑螂的触须,将它提起。

蟑螂脱离清水,生机恢复,虽已困乏无力,几条腿又开始乱舞。

丁普将它放在瓷盆的边缘,看它怎样爬行。蟑螂已喝饱了水,而且断掉了一条腿,行走时,显得很吃力,仿佛驮着笨重东西似的。

瓷盆太滑,腿力又差,那蟑螂因身子失去平衡而跌落在地。

丁普弯下腰,用手指捉住它的触须,拾起,重新放在瓷盆边缘,看它爬行。

那蟑螂动作之迟滞,证明它已精疲力竭。看样子,生之渴望虽未消除,但已无力做最后的挣扎。丁普应该将它放在地上,用脚底一踩,来个“人道毁灭”,才合理。他却固执地不肯这样做。他要报复。他将那只垂死的蟑螂拎入房内,放在写字台上。

拿了一只水仙盆来,盛以清水,再一次将受伤的蟑螂放入水中,使它腹部朝天。

安排妥当,开始执笔写稿。这天早晨,写稿的速度特别慢,一直不能将精神集中起来。

放下手里的笔,聚精会神观看蟑螂做最后的挣扎。

蟑螂已不动,犹如一片落叶,浮在水面。

丁普拿起笔,用笔杆在蟑螂的腹上轻轻打了一下,蟑螂的几条腿又痉挛地乱动起来。

丁普嗤鼻冷笑,暗忖:“现在,它需要的不是生存,而是死亡。对于它,死亡已变成最宝贵的东西。如果它会讲话,它一定会求我将它快些弄死。它不会讲话,我也不愿意马上将死亡赐给它。我说‘赐’,因为在它的心目中,我是神。我可以给它生,也可以给它死。这是宇宙间最大的权力,现在却握在我的手中。我是神!”

背后传来妻子的声音:

“为什么将蟑螂放在水仙盆中?”

丁普还没有开口,丁太太就将蟑螂从水仙盆中拿了出来,掷在地上。

丁太太用脚去踏蟑螂时,蟑螂像支箭,逃到书架后边去了。丁普见此情形,脸色发青,恶声恶气嚷了起来:

“都是你,又将它放走了!”

“一只蟑螂,何必这样紧张?”

“这只蟑螂……”说出这四个字之后,丁普说不下去了。

“你想说什么?”丁太太问。

“没有什么。”

这是芝麻绿豆事,不值得讨论。丁太太无意浪费时间,三步两脚走去厨房。丁普则感到了极大的困扰,拿着笔,一个字也写不出。他恨,恨妻子不应该将那只蟑螂掷在地上,让它在必死的情形下逃脱。刚才,一脚将它踩死,岂不干脆?现在,那只受伤的蟑螂终于逃脱了。

念念不忘地想着那只蟑螂,文思受了阻塞,写不出什么东西。他有意将笨重的书架拉开,却没有这样做。理由是:将书架拉开时,那蟑螂一定会迅速逃到别处去。

现在,他必须集中精神写稿了。那蟑螂是不能加害于他的;事实上也没有能力加害于他。

下午。密云散开,有阳光。丁太太将碗筷洗净后,提议出去看一场电影。为了那只蟑螂,丁普紧张了一日一夜,也需要到外边去走走了。丁普过去是个影迷,现在很少走进电影院。第一,空闲的时间不多;第二,良片太少。

丁氏夫妇看了一部战争片。这片子描写二次大战盟军开辟第二战场的情形。

从电影院出来时,仿佛做了一场噩梦。导演对残酷的描绘,不但真实,而且是刻意的。好几个特写镜头,残酷得令人难忘。

在一家布置得相当现代化的餐厅喝茶时,丁普向侍者要了一杯烈性酒。

"平时,一个人杀死了另外一个人,是有罪的。但在战场上,成千成万的生命被杀戮了,谁也不必负责。这就是我们的文明。"丁普说。

丁太太听了丈夫的话,脸上的表情严肃起来了。丁普喝干一杯酒后,说:

"人可以随便杀死蟑螂……"

丁普不再继续说下去了,他的脑子里产生一些不可解的问题。

要是整个宇宙完全没有生命,这个宇宙的存在,有什么意义?

宇宙的主宰是谁?上帝,人类,抑或宇宙本身?

上帝创造生命的目的,是不是为了证明死亡?

宇宙是无限大的。一个无限大的东西,只有人类的想象才可以包容。根据这一点,人类的思虑机构当然比宇宙更大了。如果这个假定没有错,宇宙仍有极限,这极限的界线应该存在于所有生命的内心中。基于此,宇宙就不止一个了。宇宙有无数个,每一个生命占有一个宇宙。当一个生命死亡时,一个宇宙便随之结束。只要宇宙间还有一个生命存在,宇宙是不会消失的。反之,宇宙间要是一个生命也没有的话,宇宙本身就不存在了。对于任何一个生命,死亡是最重要的。人类的历史完全依靠死亡而持续……

丁普的思想,犹如断线风筝,越飞越远。

回到家，包租人王氏夫妇在吵架。王先生赌狗，输了两百块钱，王太太将大花瓶摔碎在地板上。丁太太走去劝解，丁普走入自己房内阅读晚报。在晚报的港闻版中，他看到一则可怕的新闻：周金财跳楼自杀。周金财是他的朋友。

对于别的读者，这一则新闻等于天气预测之类的报道，绝不会震惊。香港这几年，人口激增，空间太小，建筑物只好向高空发展。想自杀的人，要是买不到安眠药，又没有勇气用刀子刺戳自己，多数会走上大厦的天台，咬咬牙，纵身一跃，结束自己的生命。这几年，跳楼的人实在太多，大家对于诸如此类的新闻，不再感到兴趣。

拿着报纸，丁普三步两脚走入包租婆的客厅，抖声对妻子说：

"周金财跳楼了！那……那个中马票的人自……自杀了！"

周金财的自杀，使丁普感到困扰。吃晚饭时，半碗饭也吃不下。饭后，伏在书桌上写稿，一个字也写不出。情绪乱得很，像乱丝般抖缠在心头。丁太太了解他的心事，劝他抛开杂念。

"赶快写吧。"她伸手打开烟盒，递一支烟给丁普，替他点上火。丁普一连吸十好几口，吐出一大堆青烟。脑子依旧在想着周金财，执着笔的手，机械地在稿纸上写下这么几句：

"他是自杀的。不错，他是跳楼自杀的。但是从另一个

角度来看,他是被杀的。”

写到这里,有了突然的惊醒。放下笔,心里有点害怕。他替报纸写的是小说,这几句话,并不是小说里边需要讲的。这完全是一种下意识的举动,写了,连自己也不知道。他将稿纸撕得粉碎,掷入字纸篓。吸口烟,将烟揿熄在烟灰碟里。再一次提起笔来,依旧写不出。他一直在思念着跳楼自杀的周金财——一个曾经中过马票的人。

蟑螂又出现。蟑螂是一种可厌的动物。丁普受了周金财自杀的影响,感情好像被人刺了一刀,需要新鲜的空气去洗刷肺腑里的悒郁。推开窗,窗外的空气很混浊,对街那些图案式的窗门,看起来,像只大鸽笼。

二

丁普想起了祖母。

祖母是一个可怜的老人,长期躺在床上,即使最炎热的天气,也要用一条毛巾毯子掩盖腰身以下的部分。丁普小时候曾多次问父亲:“祖母为什么不下床?”父亲总说:“祖母有病,不能下床。”丁普问:“祖母患的是什么病?”父亲说:“等你长大后告诉你。”过了几年,丁普问父亲:“祖母为什么不下床?”父亲愤然答了一句:“这不是你需要知道的事情!”丁普的感情大受伤害,只好走去问母亲。母亲是个懦弱的旧式女子，常常接受祖母咒骂。母亲不愿意在任何人面前谈到祖母，包括丁普在内。

有一天晚上，祖母在房内大声唤叫。父母忙不迭走去观看，丁普也跟在后边。祖母吃了不洁的东西，突患腹泻。她是从来不下床的，便急时，总由父亲或母亲先将房门关上，然后用便器去盛。这天晚上，因为事情突然发生，大家性急慌忙，忘记将房门关上了。就在这一次的疏忽中，丁普看到了一项残酷的事实：祖母是断了两条腿的。

第二天，丁普问母亲：

“祖母怎会断掉两条腿？”

“谁告诉你的？”母亲问。

“昨天晚上，我在房门口看得清清楚楚。”

母亲要丁普去问父亲，丁普将嘴唇翘得高高的。傍晚时分，父亲公毕回家，丁普向他提出同样的问题，他说了这么几句：

“祖母年轻时，在一条小巷子里行走，巷了里停着一辆货车，车上堆满笨重的木箱。由于绳索绑得太紧，‘嘣’地中断，几只木箱同时掉落下来，将她的两条大腿压断了！”

丁普流了许多眼泪，觉得祖母很可怜。

祖母信佛，从小吃素，床边放着一只小小的神坛，坛上有一个佛龛，佛龛里有个白瓷的观音大士。祖母似乎是不懂得什么叫作寂寞的。她的天地，就是这样一个狭小的天地。当

她寂寞时,她就会拿起佛珠,翻开那本《观世音菩萨本迹感应颂》,唧唧咕咕,好像有一肚子的牢骚,必须讲给菩萨听似的。有时候,丁普经过祖母的房门口,听到祖母的声音,以为她在念经,倾耳谛听,原来她在跟自己讲话。

祖母是常常跟自己讲话的。有时候,还会跟自己吵架。

说起来,这似乎是一件令人难以置信的事情。但是,祖母的情形确是这样的。她常常跟自己吵架。吵得最凶时,就放声大哭。

从这一点来看,祖母的日子过得很痛苦。她是一个长期躺在床上的人,居然还强迫自己吃长素。她不能从衣食上获得快乐,也无意让视觉与听觉得到满足,偏偏要在“食”的方面限制自己,虐待自己。这是什么道理?丁普想不通。

祖母性情急躁,稍不如意,就会大发脾气。不过,她的心地非常善良,喜做善事。她常常阅读报纸,只是从不关心国家大事。她所关心的新闻是:冬天有多少人冻毙在街头,夏日有多少人在街头中暑。有时候,慈善机关发起募捐,她一定响应。不过,有时候她又似乎是一点理性也没有的。她常常责骂丁普的母亲,无缘无故地骂。丁普的母亲是个贤惠的女性,总是忍住性子,逆来顺受。丁普小时候,对祖母的态度很不满。长大了,才知道这是一种变态心理。祖母是一个残废,祖父早已去世,膝下只有这么一个儿子,当然不愿意儿子将他的爱分给外人。在祖母的心目中,丁普的母亲永远是

“外人”。

祖母从不将丁普当作“外人”。

就祖母这方面来说,丁普只是有血有肉的玩偶。

就丁普来说,祖母的存在是一种多余。

丁普进教会大学读书后,在信仰上,与祖母完全背道而驰。有一年冬天,祖母织了一件绒线衫给他,要他穿在身上,让她看看。他不肯。母亲厉声责备丁普。丁普愤然将绒线衫掷在地上。祖母的嘴唇抖动了,用上排牙紧啮下唇,挣扎着控制自己,但是亮晶晶的泪珠,一滴继一滴,沿着干涩的脸颊滑落。丁普看不惯这样的嘴脸,沉不住气,索性走到外边去看了一场电影。看过电影回家,一进门,就遇见医生提着药箱走出来。丁普大吃一惊,问母亲:“什么人病了?”母亲说:“祖母吐了几口血。”

从那一天起,祖母的健康情形一天不如一天。母亲说:“祖母患了严重的胃溃疡,非动手术不可。”丁普走到祖母的床边,低声求她饶恕。祖母牵牵发抖的嘴唇,满布皱纹的脸上,出现了安慰的微笑。她的眼眶里,噙着晶莹的泪水。“这是老毛病,”她说,“用不到担心。”丁普哭得上气不接下气。祖母伸出发抖的手,抚摸丁普的头发。

丁普每晚上床前,总是喃喃祈祷,要上帝帮助祖母驱除病魔。——祖母是个信佛的。

祖母不能下床。

当她需要什么东西时,必须别人替她拿。丁普的父亲不是有钱人,无力雇女佣。

“既然这样痛苦,为什么还要活下去?生命给她的,除了痛苦之外,再也没有别的东西。她为什么还要活下去?她对那间狭小的卧房,又有什么依恋?她的世界,就是那间狭小的卧房。这卧房以外的世界,对于她,几乎全不存在。但是,为什么还要活下去?她对生命,究竟有些什么要求?这个世界,究竟还有些什么东西值得留恋?生活给她的痛苦很大,她为什么还这样爱惜生命?……”

每一次见祖母在痛苦挣扎时,丁普就会想到这些问题。

有一天,祖母忽然在房内大声惊叫,丁普的父母走去观看究竟。

“刚才,我做了一场噩梦,”祖母说,“在这场梦中,牛头马面带了几个小鬼,走来将我抓入鬼门关。……那地方阴森恐怖,到处是鬼叫,没有太阳,没有月亮,只是一片惨蓝,可怕极了!”

丁普的父亲说:“这是梦,何必害怕?”

“但是——”祖母边哭边说,“那些鬼卒,身材虽然矮小,模样却非常可怕,个个青面獠牙,各执刀叉,见到我时,不分青红皂白,用铁链往我颈上一套,一个拉手,一个扯腿,硬要将我拉去阴曹地府……”

祖母哭了。丁普站在父母后边,见此情形,不但对祖母毫不同情，而且暗觉好笑。

“鬼卒们将我拉上森罗殿，”祖母抖声说下去，“就咚咚咚地敲响升堂鼓。我抬起头来观看，那阎王身穿蟒袍，头戴平天冠，威风凛凛地坐在御座上，眼睛很大，大得像桂圆。我大呼冤枉，阎王用力拍响惊堂木，吓得我浑身发抖……”

丁普的父亲知道老人受惊了，忙加劝慰。但是，祖母被一个可怕的思念追逐着，必须将心里的话讲出：

“那阎王听信判官的胡言乱语，指我生前造孽深重，罪大恶极，不让我辩白，就糊里糊涂吩咐牛头马面带领几个小鬼将我拉去尖刀山！……天哪，我是一个吃长素的人，断了两条腿，朝夕诵经，从未做过伤阴骘的事，阎王为什么要拉我去尖刀山？”

祖母哭得气噎堵塞，似乎完全不能用理性去控制自己了。她已失去黑白之辨，连梦境与现实也分不清。

这是一件小事，不值得大惊小怪。但是从这件小事看来，祖母对生之依恋，仍极强烈。

之后，祖母常常在梦中见到牛头马面。她说：

“牛头马面有红色的头发！”

又说：

“牛头马面的嘴又长又尖！”

又说：

“牛头马面的眼睛像两盏小电灯！”

有一天晚上，落雨，一家人睡得比平时更早，也比平时睡得更熟。午夜过后，祖母忽然大声惊叫起来："救命哟，救命哟！"

当他们疾步奔入祖母的卧房时，房内一片宁静，什么事情都没有。祖母睁大眼睛望着天花板，额角有汗珠排出。

"什么事？"丁普的父亲问。

祖母抖声说："我……我做了一场梦。"

"梦见什么？"

"那些小鬼剥去我身上的衣服后，要我躺在一张铁床上，用巨大的钉子，钉住我的手。然后用铁鞭抽挞，抽得我皮肉绽裂，遍体流血。……后来，又将我拉到一个可怕的地方，正中放着一只偌大的汤镬，镬下有柴火，镬中血水沸腾，几十个小鬼不断将新鬼掷入血水。新鬼们一入汤镬，白骨顿现！……当那些小鬼将我投入汤镬时，我醒了。"

祖母做噩梦，已经不是新鲜的小事。过去也曾梦见烹剥刳心或剉烧舂磨，只是这一次受的惊吓最大，醒来后，噩梦变成了一个可怕的思念追逐着她，一若鬼魂追逐受惊的人。她的脸色很难看，神志有点恍惚。

祖母的病象越来越显著，不但常在夜晚惊喊，甚至在白天，也常说有鬼魂纠缠她。有时候，她哭，哭得歇斯底里；有时候，她笑，笑得歇斯底里。她依旧朝夕念经，对菩萨的信仰仍未动摇。她不是经常见到鬼的。不过，当她见到鬼的时候,她就不是她了。有一天,丁普从学校回到家里,发现祖母两眼泛白,嘴角挂着一条血丝,忙不迭走去厨房唤叫母亲。母亲见到这种情形,立刻打电话给医生。医生来时,祖母已清醒。

祖母说:“刚才,有一个鬼卒,用刀子刺我的腹部。”

医生说:“她的胃溃疡又发了。”

丁普的母亲说:“她的心理不正常。”

医生认为病人有住院的必要,丁普的母亲不敢做主。

医生走后,祖母口口声声说是被鬼卒刺了一刀。丁普的父亲回到家里,祖母仍说被鬼卒刺了一刀,又说她在人世的时日已不多。但是她不愿意死。丁普的父亲对她说:

“你不会死的,那些鬼卒只是你的幻想。”

“他刺了我一刀!”

嘹亮的嗓子,证明祖母的生命力仍强。问题是,她对自己一点信心也没有,总说腹部给鬼卒刺了一刀。

“医生不是替你检查过了,腹部一点伤痕也没有。不相信,你自己仔细察看一下。”丁普的父亲说。祖母摇摇头,完全不能用理智去驱除可怕的幻想。

从此,祖母的情形越来越严重,虽然没有死,精神上已被鬼卒们拘去阴曹地府。

她常常见到牛头马面。她常常见到黑无常白无常。她常常见到判官与阎王。她常常见到手拿铁链勾摄生魂的使

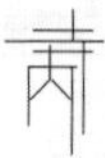

者。她常常见到受酷刑的冤鬼。

有时候,她说她被掷在尖刀山上。……有时候,她说她被掷入沸腾的油锅。……有时候,她说她被绑在烧得红通通的烙铁上,皮肤烧焦时,发出吱吱的声音。……有时候,她说她被鬼卒们倒竖入舂磨。……有时候,她说她被鬼卒们绑在木桩上,任由他们将她的心刳去。……有时候,她说她被鬼卒们剥去身上的衣服,裸体,赤足,遭受蛸刀的乱砍。……有时候,她说她被鬼卒们囚在铁笼里,接受长叉的乱刺,成为肉酱。……有时候,她说她站在"望乡台"上含着眼泪远眺阳间的家中情形。……

丁普的母亲说:"她的肉体虽然还活着,精神早已死去。"

丁普的父亲说:"病魔纠缠着她,使她在肉体与精神上都受到极大的痛苦。"

丁普说:"祖母怕死。"

恐惧是一切病症之源。因此——

一个有雨的深夜,全家突被祖母的惊叫吵醒。祖母放开嗓子呐喊:

"不要拉我去,不要拉我去,"

丁普跟随父母走进祖母的房间时,祖母已停止呼吸。

三

冬天迟到了，早晚凉意仍浓。丁太太将丁普的西装拿到洗衣店去的时候，发现西装已被蟑螂咬了几个小洞。丁普很生气，到中环去送稿时，在一家药房买了一瓶杀虫水，准备向蟑螂宣战。回到家里，仔细阅读印在瓶上的说明书，才知道这是最有效的杀虫药水，不但可以杀死蟑螂，而且可以杀死蚂蚁、臭虫、蜘蛛、蜈蚣、蚊子……总之，只要是昆虫，都能杀死。正因为药性强烈，丁普心中产生了一种胜利感。他损失了一套西装（可能还有其他的损失），不能不报复，这样做，一方面固然为了防止更多的损失，另一方面，过分的愤怒必须获得宣泄。丁普竟将蟑螂们基于本能的求食行为视作侵袭。这种侵袭，他是不能容忍的。他将杀虫水喷在每一个角落，甚至连门框也喷了药水。

“这是封锁！”他说。

“你的意思是，门框喷了药水，外面的蟑螂就不会走进我们的房间？”丁太太问。

“不但如此，”丁普说，“房间里的蟑螂也走不出去了。”

丁普将那瓶杀虫水往书架一放，准备随时向蟑螂突击。然后伏在书案上，写稿。因为完成了一切“战时”措施，内心也不像先前那样激动了。他对杀虫水，有充分的信心，相信

那些啮破他的西装的蟑螂们,已开始付出破坏的代价。

晚上,书架后边有一只大蟑螂慢慢爬出来。

“你看!”

正在用熨斗熨衣服的丁太太首先见到它,如同探险家发现了宝藏,又惊又喜地叫了起来。丁普见到蟑螂,拿起拖鞋,正欲将蟑螂打死,却被妻子阻止了。

“不要马上打死它。”

“为什么?”

“你看,它在爬行时,动作缓慢,仿佛喝醉了似的,一定吸了杀虫水。”

“但是,”丁普问,“为什么不许我将它杀死?”

“我想知道那杀虫药水是否有效。”

丁普倒也有趣,找了一只纸盒出来,将那只大蟑螂放在纸盒内,喷些杀虫水在蟑螂身上,合上盒盖,用剪刀在盒盖钻几个小孔。

“这是什么意思?”丁太太问。

“我不想使那只蟑螂因窒息而死。”

丁太太笑笑,提起熨斗熨衣。房内弥漫着杀虫水的气息,使她一连打了两次喷嚏。丁普手里拿着笔,却不书写,眼望摊在面前的稿纸,陷入沉思。他将自己想象成蟑螂的一分子,在一些黝黯的地方寻找可以啮咬的东西。蓦地,有人喷射杀虫水。蟑螂们大起恐慌,相继失去爬行的能力,情形有点像第一次世界大战英法军在西线突遭毒瓦斯攻击。想到这里，丁普笑了。蟑螂虽然可恶，究竟是微不足道的。一瓶杀虫水，就可以取得原子弹炸毁广岛的效果。

伸出手去，揭开纸盒的盒盖，那蟑螂仍在蠕动。这种蠕动，已不再具有任何意义，充其量，只是死前的挣扎。丁普有意欣赏一只蟑螂怎样接受它的最后，索性将盒盖放在一边。

“不要玩了。”丁太太说。

丁普听到妻子的话，不加分辩，拿起原子笔，在稿纸上心不在焉地写了几行。

他想起那只断了一条腿的蟑螂。

它是喝饱了水的，虽然逃脱了，未必能够活得太久。如果它还没有死的话，吸了杀虫水，非死不可。

丁普希望能够再一次见到那只断了腿的蟑螂。即使这只蟑螂已死，也希望能够见到它的尸体。

丁普的祖母也是断了腿的。在人世挣扎了几十年，临死，对生之依恋，仍极强烈。

望望纸盒里的大蟑螂。它还在蠕动，两条长长的触须挥来挥去。

深夜，丁普将这一天的稿件全部写好，舒口气，点上一支烟。当他的视线落在纸盒上时，才发现那只大蟑螂已僵直地躺在那里。丁太太早已将衣服熨好，此刻正在厨房里弄东西给丁普吃。丁普有一个习惯，临睡总要吃些东西，否则就会

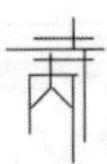

失眠。

每天晚上，不将一天的工作全部做好就不会产生释然的感觉。这一段时间，丁普称之为“自由的时间”。他常在这一段时间读书、复信、翻阅邮集。……总之，这一段时间虽不长，却能使他获得最大的快乐。

现在，他既不读书，也不翻阅邮集，只用原子笔在那只蟑螂身上点了两下，以为那只蟑螂在装死，那蟑螂却僵直躺在纸盒里，一动也不动。

丁太大端了一碗汤面走进来。丁普大声惊叫：

“我们已经获得胜利了，我们已经获得胜利了！”

丁太太莫名其妙，对丁普投以询问的凝视，等他做进一步的解释。丁普站起身，坐在方台边，用极其兴奋的语调说：

“那只蟑螂死了！那只蟑螂死了！”

丁太太的反应冷淡：

“死去一只蟑螂，也值得大惊小怪？”

“难道你还不知道？”丁普说，“那只蟑螂的死亡，证明杀虫水具有神效。这样一来，我们就可以轻而易举将那些蟑螂全部杀光。”

丁太太笑笑，用手指点点那碗面：

“快吃吧，凉了不好吃。”

上床后，丁普再一次想起断了腿的祖母以及那只断了腿的蟑螂，过了半小时左右才睡着。睡后做了一场梦，梦见无数骷髅。醒来,已是翌晨。吃早餐时,翻阅日报,看到一则骇人的新闻:一个德国女艺员在九龙做公开表演时,偶一失手,从半空中掉落在地,死了。

生命就是那样脆弱的,脆得如同玻璃片。就在那一刹那,也许是千分之一秒,也许是万分之一秒,也许是十万分之一秒,总之,是很短很短的一瞬,生与死的界限就清清楚楚地划开了。

这当然是一件值得惋惜的事。最低限度,这件事使活着的人知道生命是高于一切的。失去生命,等于失去一切。即使那位女艺员生前是多么的痛苦,一定也不甘接受这样的厄运的,要不然,就没有理由冒险。她的胆量未必比别人大,只是某种希冀使她将虚伪的信心视作真实。如果她对人生完全无所企求,一开始,就不会走上这条路子。既已走上了,只要欲望不太高,也不会发生这种意外。说意外,其实并不确切。她在拒绝架设安全网的时候,一定会想到这种意外的可能性。她愿意将自己的生命当作赌注,企图满足一个无止境的欲望。在那个高高的秋千架上,她已有过十年以上的经验。在这十年中,每一“出手”,总是赢的;但是这一天,由于一刹那的错误,终于将所有的一切都输去了。她不爱惜自己的生命?当然不是。她对生命如果没有过分的热爱,绝不会将冒险当作事业。她热爱生命,因此失去生命。

吃过早餐,丁普伏在书桌上写稿。

他写了一段故事。然后又写了一段。然后又写了一段。

吃中饭的时候，又想起那个在表演时失去生命的德国女艺员。

报贩送晚报来。晚报刊着两则新闻，一则是一个少女服毒自杀，另一则是一个驾 MG[①] 的青年在郊外的公路上失事。

他的手掌在出汗，不知何故。

喷过杀虫水之后，蟑螂不常出现了。

丁普走去冲凉房，发现冲凉房仍有蟑螂在彩色的瓷砖上肆无忌惮地爬来爬去。

丁普回房拿杀虫水。他说："冲凉房有太多的蟑螂。"丁太太不许他到冲凉房去寻求报复的对象，丁普说："冲凉房里蟑螂太多，有碍卫生。"丁太太反对，理由是：在冲凉房喷杀虫药水，必须征求包租人的同意。丁普生气了，脸上的表情很难看。

下午，丁普照例到中环去送稿，顺便走去一家西书店。对于他，逛书店早已成为生活上的一种必需了。

他买了一本书。

这是 J. 丹佛斯的小说，题名《一切的结束》，写人类的最后。

在扉页上，作者写着这样的一段："这本小说中所描写的

---

① MG（名爵）全称 Morris Garages，是一个源自英国的汽车品牌。此处指 MG 敞篷跑车。

事情，全部发生在未来。所谓‘未来’，究竟多久？十年，二十年，或者二十年以上？但是，人类的‘结束’可能在此刻很容易地来到了。除非这个世界或者人类的精神能够产生彻底的、基本性的改革，否则，世界末日随时都会来临。”

这是一个警告。

整部小说是一个警告。

J. 丹佛斯所描绘的是人类最后数日的情形。故事以核子战争爆发作起点，俄国、欧洲与大部分美洲变成一片废墟。其他的国家因此获得释然的感觉，以为这样一来，他们就可幸免于难。结果，敌人也向他们进攻了。这一次，敌人投下的并非核子弹，而是“S 一”弹。这“S 一”弹是由人造卫星向地面射击的，具有一种特殊的破坏力，爆炸时，细菌向各处蔓延，人类吸到后，立即病倒，以致死亡。这种由“S 一”弹引起的病症，原有一个治疗的方法，但是发明这种治疗方法的科学家却在战争中死去了。澳洲变成最后毁灭的地区。几个最后的人类，匿居在澳洲偏僻处的农场里，做最后的挣扎。他们的希望落空了，人类不再存在于地球。

虽然是小说家的想象，毕竟是可怕的。事实上，要是人类当真发动自杀战争的话，除了核子武器与火箭外，一定还有比“S 一”更具杀伤力的武器。“S 一”是小说家想象中的武器，只具代表意义，并不能证明“明日的武器”就是这样的。“明日的武器”也许只存在于科学家的愿望中，其杀伤力，目前谁也无法估计。

J. 丹佛斯凭其想象描绘人类绝迹后的地球，虽可怕，究竟不是真实。真实的情形，可能比他的想象更可怕，更残酷！

地球的形成，已有亿万年。人类有记载的历史，只有四千多年！——这是事实。

这一项事实意味着什么？

依据丁普的猜想，在过去的亿万年中，人类可能已发生过一次，或者十次，或者一百次，或者无数次的自杀战争。

每一次，人类绝迹后，让低等动物暂时占领地球；然后由低等动物进化为人类；然后人类发挥高等智慧，然后人类毁灭自己；然后人类绝迹……这样，周而复始，循环不已，成为一种自然的定律。

如果这猜想不错的话，那么人类必将依循这假想的自然定律去毁灭自己。

人类能不能改变自己的命运？人类能不能征服自然？

个体的死亡与整体的死亡有什么分别？

个体死亡后，整体继续生存。这生存，对死去的个体，究竟有何意义？

生命的意义，难道只在于保持整体的生命的持续？生命究竟有没有最终目的？

人类的自杀战争是否不可避免？个体的死亡是不可避免的，难道整体的死亡也不可避免？这是造物主的安排？造物主不允许人类的智慧获得最高的发展？造物主故意让人类的智慧获得高度发展时，要他们发明不可抵御的武器，毁灭自己？

人是万物之灵，为什么连这一点简单的常识也没有？以目前的情形来说，火箭战争只需按一下电钮，就可以爆发！人类为什么不设法避免？火箭战争的爆发，可能是技术上的错误或者电讯上的误会；但是人类为什么不设法控制？……

这些问题，有如潮水一般，在丁普的脑海里涌来涌去。丁普感到困扰。

这天晚上，被那本《一切的结束》吸引住了，丁普上床时，已是凌晨两点半。在无比的宁静中，他想起了 T. S. 艾略特的诗句。他已记不起哪一首诗了，但是他记得艾略特曾经在诗篇中透露过：世界并不是“砰”的一声就结束的，它将在抽抽噎噎的呜咽中结束。

然后他想起了爱因斯坦曾经说过的话：“我不知道第三次世界大战将动用什么武器，但是我可以断定第四次世界大战必将以石头作武器！”

他睡着了。

他做了一场梦。

他梦见火箭战争爆发。核子弹在上空爆炸。整个地球被辐射尘包围着，变成一个有毒的物体。他自己则躲在冰天雪地的南极，以为这样也许可以成为一个侥幸者。他身边有

一只超级原子粒收音机。起先,还能收到一些不明地点的电台广播,虽然听不懂广播员讲的话,最低限度可以证明地球上的人类尚未完全毁灭。后来,这种不同言语的广播越来越少了,使丁普感到极大的恐慌。不久,收音机除了噪音,再也听不到人类的声音。他知道,这是地球的最后了。四周是无比的阒寂,那阒寂仿佛一只巨兽,张开血盆大口,随时都会吞噬他。恐慌到了极点,蓦地听到尖锐的啸声,宛如钻子一般,钻刺他的耳膜。他意识到另一件可怕的事情已发生。疾步走出屋外,抬头观看,原来上空有几十枚人造卫星正在发射飞弹。他以为这是核弹,但是他的猜测错误了。那是细菌弹。……

丁太太见他在睡梦中叫喊,连忙将他推醒。

“你又在做噩梦?”她问。

丁普眼珠子左右乱转,用微抖的语调答:

“我梦见世界末日。”

“什么?”

“我梦见世界末日。”

“你最近常做噩梦。”丁太太说。

丁普直起身子,背靠床架,伸出手去打开烟盒,取一支烟,点上火,连吸数口。

“这是一个非常可怕的梦,”他说,“我梦见成千成万的飞弹,像雨点一般,从人造卫星发射到地面。地球上所有的人类都死了。”

丁太太很少想到这一类的问题，听了丁普的话，精神提起，睡意尽失。其实，她也有点担忧。丁普最近心绪不宁，晚上常做噩梦。她担心这种不安宁的情绪是一种病态。她说：

“我们到澳门去玩一天！”

“赌钱？”

“不。你知道我是不喜欢赌钱的。”

“既然不喜欢赌钱，为什么要到澳门去？”

“这些日子，你整天伏在书桌上写稿，气不舒畅，对健康有很大的影响。澳门离此不远，坐水翼船，只需七十分钟就到，早晨去，黄昏回来。”

丁普将香烟揿熄在烟灰碟里，寻思一阵，摇摇头：

“澳门是赌城，我不喜欢赌钱，到澳门去，一点意思也没有。再说，需要还的稿债太多，为了到赌城去玩几个钟头，赶得上气不接下气，实无必要。”

丁太太认为：到澳门去玩一天，有益身心。即使走去赌钱，对不安的情绪也会产生镇定作用。

四

丁氏夫妇搭乘水翼船，到澳门去玩几小时。

因为是第一次坐水翼船，船头离开水面时，丁太太的脸

色转青了。她不敢讲话，也不敢张望小窗外的海景，合着眼皮，借此避免呕吐。

时间过得特别慢，过一分钟好比过一个钟头。丁普常常看表。

七十分钟之后，抵达澳门。

香港到处矗立着高楼大厦，喜欢发思古之幽情的，不容易得到满足；澳门不同，未上岸，就可以见到东望洋灯塔，据说已有一百年的历史。

在市区的横巷中，那些用石子铺成的小路，那些泥垩剥落的墙壁，那些似乎再也经不起另一次飓风侵袭的民房，那些商店职员各自坐在柜台边对街谈话的情景……使游客们产生回到过去的感觉。

丁氏夫妇虽不嗜赌，侥幸之心还是有的。当他们坐在赌台边的时候，也希望赢钱。不过，动机只想获得一个新鲜的经验。

在赌台边，他们见到一个中年妇人，脸孔红通通的，满额是汗。她的衣着很平常，除了一只胀得近似臃肿的大手袋之外，什么首饰也没有。从外表看来，她不像是有钱人；但面前堆着一叠钞票，每一次下注，数目总是惊人的。丁氏夫妇虽然也是赌客，却把精神集中在这个女人身上。对于他们，这个女人等于一出现实戏剧的主角。这个女人的输与赢，似乎比丁普自己的输赢更重要。丁普愿意看看一个女人怎样用金钱去与欲望搏斗，因此产生了许多猜想。起先，他将她想象作一个富孀。继而，他将她想象作一个被遗弃的女人。最后，他将她想象作一个精神病患者。

那个妇人不像是个有胆量的人，但是下注时，胆量很大。有一次，她在“小”字放了很多钱，使同桌的赌客们个个将眼睛睁得大大的。她的运气不坏，当她押轻注时，常输；当她押重注时，常赢。堆在面前的钞票，越来越高。

她的额角上仍有黄豆般大的汗珠排出。有时候，两滴汗珠合在一起，沿着弧形的脸颊滑落，她才下意识地用手帕去拭。

她不大露笑容。即使赢了钱，也只有一种释然的表情。

“走吧。”丁太太说。

丁普摇摇头，并不说出理由。

那妇人似乎存心向命运挑战，连中三元之后，竟将一大堆钞票全部押在“小”字上。

大家屏息凝神地等待着，等盅盖揭起。

荷官将盅盖揭起后，用清脆的声音嚷：

“二三六，十一点，大！”

妇人的脸色蓦然转青。额角上的汗珠迅速联结在一起，滑落。她没有用手帕去拭，只是呆呆地望着赌台，看赌场职员以极其熟练的手法将她的钱收去。

她依旧坐在赌台边，一连输了好几手。大家的注意力已

被骰子的数字吸引过去，只有丁普仍在注意那个妇人。

妇人低着头，先将黑色的大手袋打开，然后对打开着的手袋久久注视，好像在寻找什么。

丁普好奇心陡起，很想知道那个妇人将从手袋中掏出些什么东西。

她掏出三个一元的硬币。

“这是她仅剩的钱财了。”丁普想。

丁普很想知道她怎样利用这仅剩的三个硬币去做最后的挣扎。

她将三个硬币放在三个“六”上，买“位”。丁普觉得这个妇人很有趣。刚才，当她将一大堆钞票放在“小”字上的时候，她的态度是泰然的；此刻，她将三个硬币放在三个“六”上，手指微抖。

丁普希望她能买中这个“全色”。

揭盅：双六一个四。

妇人很失望，待了一阵，再一次打开手袋，横看竖看，希望找到什么，可是再也找不到什么了。关上手袋，站起身，离开赌台。丁普望着她的背影，心里产生一种不可言状的感觉。

在赌台边又坐了一刻钟左右，输了一百多元，想走，外边忽然传来一阵骚扰。赌场里的职员都很镇定，冷静得像石头。那些赌客们对此事的反应，也不一致。赢了钱的，睁大眼睛，表示惊诧，其中也有走到外边去观看究竟的；输了钱的人，只想将输去的钱赢回，外边发生什么事，引不起他们的好奇。

走出“澳门皇宫”，才知道有人跳海。岸上，船上，到处挤满看热闹的人。说是“看热闹”，似乎不大确切，但是围观者个个怀着幸灾乐祸的心理，却是无可否认的事实。

水面上，有三个男子在游来游去，像三条大鱼。

三个游得像大鱼一般的男子，相继在水面翻斤斗，潜入水中。

如果将这件事视作戏剧，邻近水面就是舞台。三个男子潜入水中后，舞台上已无演员，观众们还是很有耐心地等待着。

水面冒出两个头。大家都很失望，因为这两个正是游得像大鱼一般的男子。

稍过些时，水面冒出一男一女。男的就是那个游得像大鱼的人，女的脸庞被湿发贴着，看不清楚。

在另外两个男子的帮助下，那女的终于被救了上来。有人拨开掩盖在她脸上的湿发时，丁氏夫妇同时吃了一惊。这个女人，刚才曾在赌台边做孤注一掷。那三块钱，不能使她在最后挣扎中取胜，扑熄了所有的希望之火，使她失去生之依凭，毅然投海，结束了自己的生命。现在，虽然有人施行急救，一个生命已被死神攫去。生命是属于她的。当她输去最

后的三块钱后，除了生命，她已输去一切。生命等于那最后的三块钱，她愿意怎样处理，这是她自己的事。

丁普仔细端详那妇人的脸相。妇人的眼睛睁得大大的，望着天，好像在责问造物主。最使丁普感到难过的，却是那白中带灰的脸色。这种颜色，使丁普想起了刚用菜刀刮去鳞片的鱼身。

人，必须有动作，没有动作的人，令人毛骨悚然。

“走吧。”丁太太说。

坐在三轮车上不知道应该去什么地方。

三轮车夫也很有趣，居然漫无目的地到处乱兜。每到一处，总是唠唠叨叨讲述廉价的掌故，作为多索车资的借口。

丁普一直在想着那个跳海自杀的妇人。

车子兜了一个圈，回到海旁区。丁普提议回港，丁太太不反对。

乘坐水翼船返抵香港，两人走去一家西餐馆吃东西。丁普不能忘记那只白中带灰的脸孔。当他喝汤之时，他看到了一对眼睛——一对死人的眼睛。

“怎么啦？”丁太太问。

“吃不下。”

“为什么？”

丁普呆望面前那碟法国洋葱汤，脸上出现恐惧的神情。丁太太断定他需要喝一杯酒，向侍者要了一杯威士忌。

五

寒流袭港,冻死三个人。那些坐在火炉旁边吃“暖锅”的人,犹嫌天气不够冷。“要是圣诞前夕的香港也会落一场大雪的话,该是一件多么有趣的事。”有人说。这人今年又添制了几件皮大衣,天气不能不冷。香港就是这样一个“不均”的地方。“有”的人有得太多,“无”的人非冻毙街头不可。商场开红灯,毕打街与尖沙咀的灯饰仍在替有钱人助兴。有钱人需要热闹,圣诞前夕的大餐每客五十元。

圣诞前夕。丁普再一次见到了那只蟑螂——那只断了一条腿的蟑螂。这件事,使丁普感到意外。第一,他以为这只蟑螂早已死去;其次,自从用杀虫水对房内的蟑螂发动总攻后,房内常有蟑螂的尸体发现。这只断腿蟑螂,失踪了一个时期,此刻居然在窗槛上慢慢爬行。

从爬行的动作中,证明这只蟑螂的体力已衰弱到极点。它的爬行是痛苦的,几近挣扎。丁普对它的出现,在惊讶中感到好奇。

使丁普百思不解的是:这只断了一条腿的蟑螂一直躲在什么地方?室内遍洒杀虫水,别的蟑螂死的死,逃的逃,它怎会不死?……

这不是寻求答案的时候,他要欣赏这只断腿蟑螂怎样

挣扎。

蟑螂在窗槛上爬了两呎左右,突然停步。丁普凑近去观看,它也不动。显而易见的事实是:它已精疲力竭,连继续爬行的气力也没有了。

丁普一直憎恨蟑螂。当他见到这垂死的蟑螂在做最后的挣扎时,他想起了中过马票而跳楼自杀的周金财;想起了J.丹佛斯所描绘的人类的最后;想起了那个在“澳门皇宫”输去最后三块钱而跳海的中年妇人……

这是圣诞前夕,位于亚热带的香港,天气也相当冷。丁普以为这垂死的蟑螂抵受不了寒冷的侵袭,取出纸盒,在盒盖上戳几个小洞,将蟑螂放入盒内。然后从糨糊缸中掏了一些糨糊在纸盒里,作为蟑螂的食物。

“这算什么意思?”丁太太问。

“它就要死了。”丁普说。

“为什么不将它一脚踏死?”

“它就是那只被我用鞋底打掉一条腿的蟑螂。我曾经用清水企图淹死它,它没有死。”

“因此,你很同情它?”

“我觉得它可怜。”

“如果蟑螂也值得怜悯的话,根本就用不到买杀虫水了!你又不是小孩子,何必戏弄蟑螂?赶快将它踏死!”

丁普不接受妻子的劝告。他不忍这样做。这是平安夜,这是圣善夜。丁普虽非教友，也受到了宗教气氛的感染。他不忍杀死一只断腿的蟑螂。他的感情似乎是无法解释的。前此不久，他将所有的蟑螂视作仇敌。现在，一种不可言状的冲动，使他必须拯救一只受伤的蟑螂了。

丁普在澳门看到一个妇人因输去最后三块钱而跳海自杀后，感触很多。他不知道死亡是否比生存更好；也不知道人生的最终目的是什么。不过，既有生命存在，生命本身必具意义。生命若非造物主的玩具，仍是最宝贵的东西。

丁太太对丁普的做法，完全得不到合理的解释。对于她，蟑螂是一种害虫，将它们打死是应该做的事情。丁普忽然大发慈悲，将一只断了一条腿的蟑螂放在纸盒里，不但不将它弄死，反而将糨糊当作食粮喂它，必须有个理由。

“蟑螂有什么好玩？”她问。

“玩？”丁普的嗓子吊得很高，“我在拯救生命！”

“拯救生命？”

“它就要死了。”

“既然如此，你为什么用杀虫水将所有的蟑螂杀死？”

“我不应该打断它的腿。……”

“你究竟还有多少字要写？”丁太太转换话题。

“有什么事吗？”

“这是平安夜，这是圣善夜，别人都在狂欢，我们也该出去走走了。”

丁普将那只藏着蟑螂的纸盒放在书架上。

一九六六年一月八日写成

一九九〇年四月三十日修改

附　录

刘以鬯的《寺内》(节录)

李维陵

《寺内》是刘以鬯的小说结集,包括有三个中篇和十一个短篇,分成上下两辑。

这种分法似乎不太好,照我看,应该以小说的性质来分:第一类写现代都市的人物和遭遇,像《链》《吵架》《赫尔滋夫妇》《龙须糖与热蔗》《时间》《圣水》《一个月薪水》等,都属于这一类。

第二类是意识流小说,虽然故事的人物和遭遇也发生在现代都市,但并没有过分着重情节,而更多落笔在人物的意念和感觉,可以《第二天的事》和《对倒》为 ·辑。

第三类是出现在不同空间的人物,在节奏和心境上,与上两类有明显的区别,如《除夕》和《俯视》。

第四类是《寺内》。

第五类是《蟑螂》。

《动乱》一篇比较难分,因为它近于报告文学,勉强可归入第一类。

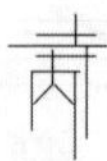

也许这种分法过于琐碎,可是我总认为:假如能够按性质而不是按体裁来分一下,更可以帮助读者投入阅读的喜悦中,获得更大的满足。

第一类是刘以鬯顺手拈来之作,他长期在报馆工作,自难免有敏锐也极丰富的社会触觉。由这触觉引申,他轻易地便可把现实社会中的人物圈画出来。很生动,很流畅,只随意略描几下,已经把好些人物的性格和特点,连同他们的际遇,清清楚楚地展露。

这些人物,包括那对赫尔滋夫妇,卖龙须糖的亚滔和卖热蔗的珠女,赶水翼船的子铭和淑芬,给孩儿喝“圣水”的大姑,在马家干了四十三年也让人辞退的老佣二婆,每一个角色都活灵活现地生活在现实社会的各角落。没有戏剧性,但戏剧性自然在角色自身的行动中开展,单是这一类的小说,只能看出刘以鬯有圆熟的技巧,和随意安排便成佳构的能力,尚未达到杰出的突破。因此,第二类的两篇:《第二天的事》和《对倒》便可标画出刘以鬯和其他普通的小说家,究竟有怎样的不同。

《第二天的事》和《对倒》,都同样具有强烈的现代色彩和现代感。同样有错综复杂的现象与幻象的交错,同样有丰富多变的心理与行动的糅合。和前一类比较,有更强的感染力。它不借助人物的特别的表现,而仅是铺排一些关系和线索,便丝丝入扣地引带读者进入他所安置的画面中,跟随那些角色的活动而活动。

《对倒》的出色的地方，是作者对气氛的营造和控制自如。他一层层一块块地构架，表面上互不相涉的关系有如围棋盘上的棋子，分布在各个漠不相关的位置中，但每行一步便紧扣一步，精彩处令人目不暇接。到几条线索给穿引起来时，又慢慢解结，不凭情节的高潮，又导引读者走入另一个空间。这种本领，如非第一等的高手，不敢轻易尝试，自难怪日本人本桥春光在日译本《现代中国短篇小说选》（一九七五年荣光版）中，将《对倒》和鲁迅的《孔乙己》、师陀的《期待》和姚雪垠的《差半车麦秸》并列。

足以奠定刘以鬯在当代中国第一流小说家地位的，除了《对倒》外，我认为应该是那篇伟大的《除夕》。我说“伟大”，因为它的确有不朽的质素。那是任何艺术家所梦想冀求的表现顶点：深入人性的核层，然后朴素地细腻剖画。《除夕》是以曹雪芹的末日为题材，但一路写来，看不见过多的渲染，而压力是那般沉重，使人不能自已地震撼和激动。他制作了一个普通的冬日场景，然而，沉默地在那场景内活动的，不仅是一个悲剧的影像，而是古往今来所有伟大的文学艺术家所共同追求的，生命的谜奥。它叹息，它沉落，它紧随人的脉搏而跳动，直至终篇，仍然余音袅袅。

比较起来，《寺内》便显得有点刻画过分。《除夕》自然，《寺内》雕琢。《寺内》是以《西厢记》的躯体加上现代的灵

魂，如同张天翼也曾以《水浒传》的躯体赋予自己的解释一样，刘以鬯在《寺内》花费太多功夫，反而使《寺内》有很多生硬。这也许是一种考验，演绎古典如掺杂有过多的现代，那很易会变成一种不易接受的混合物。当然，那是特别苛求，因为究竟很少人敢去迎接挑战。刘以鬯的尝试，究竟可以看出他有多方面的触探。

《蟑螂》一篇，是刘以鬯向读者提供他对生命所做的探究。他演述他的生命意念和哲学，他把断了腿的蟑螂的挣扎、梦境、过往祖母悲剧的回溯、周金财的自杀和赌败了女人的死亡，各种生命的微妙组合成一首乐章。……他不去解答问题，他只是从各个个别问题中引入了生命的意义和终极。这种努力，已早早地远超出刘以鬯自谦是“写流行小说的”范畴，而使他拥有真正小说家的荣誉。他不只是会述说故事，还能挥洒自如地善于运用小说的艺术技巧，去传达他的观念。他制造的形象和气氛，他掀动的复杂多变的线索，使他有如文学艺术的魔术师，玩弄一副文字的纸牌，使人叹为观止。

（原载《大拇指》第一二六期，一九八〇年十二月一日，原题为《刘以鬯的三本小说》）

别开生面的故事新编

——谈刘以鬯和他的意识流诗体小说《寺内》

许翼心

一

前年夏天的香港中文文学周中，作家刘以鬯做了题为“小说会不会死亡？”的讲演，引起人们的注意与兴趣。他在“引言”中开宗明义地提出：

> 在过去，小说是人类阅读消遣娱乐的主要工具之一，但是今天，电视、电影、广播已经取代了小说这个任务，使小说的继续生存终于受到了严重的威胁。有人说：“小说已失去焦点。”有人说：“小说站在十字路口。”“独创性”小说很少出现，“艺术之王”的地位已经丧失。同时，又有人认为通过书面而表现形象的电视、电影等

媒介，比小说以文字作媒介，更逼真、更生动、更易于感人。又有人认为现代人生活太忙乱，不大可能有时间与心情来读小说了。这种种情况令人担忧，终于有“小说会不会死亡？”的疑问。那么小说有没有电视、电影所不能达到的功能？有它独特的优点？有不可取代的力量？

在这次讲演中，刘以鬯述评了各国当代小说作家们为了解决这个问题所做的种种努力，在创作实践中，刘以鬯在近二十年来也进行了各种探索和尝试。

从中学生时代在上海参加叶紫发起的“无名文学会”算起，刘以鬯从事文学活动已将近半个世纪。抗日战争前后，他在重庆、上海等地新闻界服务，还创办过“怀正文化社”，一九四八年后在香港、南洋的几家报刊工作。一九六三年香港《快报》创刊，刘以鬯担任副刊编辑至今。也是从六十年代开始，刘以鬯全力从事小说创作，成为在海内外拥有很多读者的著名作家。刘以鬯将自己的小说分为两类，一种是为“娱乐别人”而写的，即大量的同时在好几家报刊上连载的“流行小说”，他认为这是为“稻粱谋”而卖文的商品，只配“扔进字纸篓”，算不得文学作品。另一种是为“娱乐自己”而写的，也就是作家为表现自己对历史与现实生活的感受，为探求小说艺术的新境界和新形式而精心创作的作品。正是由于有了这些数量虽然不大，艺术上却颇具独创性的作品，才奠定了刘以鬯在港台文坛上的重要地位。一九七七年出版的中短篇小说集《寺内》,便集中地展示了刘以鬯在小说艺术上探索创新的成果。而以中国古典戏曲名作《西厢记》为素材,运用西方的意识流手法进行故事新编的中篇诗体小说《寺内》,更是一篇锐意创新的别开生面之作。

二

刘以鬯的小说,大都是反映现实生活,尤其是香港社会生活之作。收在《寺内》中的十四篇中短篇小说,除了《寺内》《除夕》等之外,大多从不同的角度反映了香港社会生活的侧面,可作香港风貌的面面观。为了探求现代小说的出路,刘以鬯在题材的选择方面也费了不少心思,力求新颖多彩。近年来,他更有意在故事新编方面做一番新的尝试。

故事新编,在我国现代文学历史上并不新奇,鲁迅的《故事新编》即是早有定评的经典之作。鲁迅主要是从神话故事和历史故事中选材,注重作品对现实的借鉴与讽喻作用。而刘以鬯却企求另辟蹊径,用现代小说的手法对家喻户晓的民间传奇故事重新处理,从中开掘新的内涵和境界。例如,他近期发表的《蛇》取材于白蛇传的故事,但小说中的白素贞却并非传统故事里的白蛇精,而是一个实实在在的勇敢女性,许仙之所以会误以为白素贞是蛇精,乃是由于小时曾经遭蛇

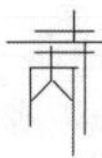

咬过，心有余悸。经过招摇撞骗的化缘僧法海的几番播弄，醉眼中把腰带误当成蛇，险些酿成大祸。最后揭开真相，终于变悲剧为喜剧。摒去传统故事中的神话成分，实际生活中那种“一朝被蛇咬，十年怕井绳”的人的心理状态跃然纸上，读来饶有新意，掩卷发人深省。

《寺内》是根据张生、崔莺莺的爱情故事重新创作的中篇小说。自从元稹的传奇小说《莺莺传》问世以后，这个故事在民间流传了一千多年，被改编成为各种文艺形式。王实甫的《西厢记》杂剧出现之后，它已经非常完善，更加深入民心。此后，虽然也出现过各种改编本，但极少有突破王西厢的藩篱，超过其艺术成就者。近二三十年来，内地先后出现过田汉的京剧本、石凌鹤的青阳腔本和徐进的越剧本，内容上忠于王西厢原著并进一步深挖其反封建主题，艺术上也各具特色。在台湾和香港，则出现了姚一苇参考布莱希特的戏剧方法改编的韵文剧《孙飞虎抢亲》和刘以鬯的诗体小说《寺内》，企图从新的角度、用新的手法来改编这个古老的故事。

从唐人小说到传统戏曲，都离不开“传奇”二字，都是通过曲折的传奇故事来表达主题思想的。传统的现实主义小说和戏剧也注意塑造人物，但主要是通过描绘人物的外部动作（行动和语言）来完成的。刘以鬯认为这种方法只能说出故事的表面，不能进入人物的内心世界，因而不能算是真正的写实。在写《寺内》时，刘以鬯放弃了对于曲折情节的具体描绘和追求，而着重于探索和揭示人物的内心世界。像飞虎逼婚、惠明下书、白马解围以及后来的郑恒争娶等场面，虽具有强烈的戏剧性，却与主要人物的性格发展关系不甚大，小说就用十分简练的语言一笔带过。而寺内邂逅、道场附荐、夫人赖婚、月下听琴和拷打红娘、长亭送别等关键情节，小说对于场面本身也并没有花费太多笔墨，而着意刻画当时和事后的人物心理状态。以第七卷为例，这里写的是张生跳墙，莺莺赖简，这情节本身最能表现莺莺对老夫人又恨又惧、对张生既爱且怕、对红娘将信将疑的复杂心理。在戏曲剧本中，显然也可以用旁唱独白的方法来表现这种心情，但毕竟受到戏剧规定情景的限制，主要还是通过动作和对白，以及红娘的居间斡旋来体现。在小说中，作家就可以驰骋其想象力，用笔端全力去探索人物的内心世界。不仅充分地描绘莺莺、张生当时的错愕、惊奇、恐惧、失望等种种复杂的心理状态，而且过后又花了十五小节的篇幅，交叉展现崔张两人各自的心思和想念。这就比那种停留在故事表面的叙述的方法，更深刻生动地塑造人物性格，深化了主题。

刘以鬯主张创作小说绝不能否定虚构与创造性，他认为小说家应当扩展幻想世界，从事象征的描写并有诗歌的美感。《寺内》的创作就充分体现了他的这种主张。他甚至让人物伴随着幻想世界走向梦境。小说中不仅有草桥惊梦这个原有的情节，而且多次描绘了莺莺、张生和老夫人的各种

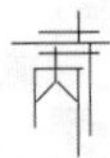

梦。在第十卷张生赴试之前，张生和莺莺各自做了一个梦，梦见自己变成一块手帕、一个小偷。莺莺的梦境是这样的：

> 她也做了一个梦。
>
> 梦见自己变成一个小偷，蹑步走进张君瑞的心房。那是一个奇异的天地，虽狭小，却展出了现实世界所缺少的一切。秘密坐在船上，探险者迷失路途。这里有春天的花，也有忧郁的音符。这里有万花筒的变幻，每一转，一个离奇的构图。
>
> 这是很有趣的经验，做一个小偷。
>
> 张君瑞是个读书人，唯小偷可以窥伺他的秘密。更荒唐的是：这书生的心之王国竟会如此繁复，如此多变，如此多彩，如此离奇。①

在这里，幻想的世界，象征的描写和诗歌的美感，都集中地呈现出来。第七卷后半部十五个小节，每个小节的心理描写都用这么一句话引出来：

> 墙是一把刀，将一个甜梦切成两份忧郁。

---

① 编者注：本文有关《寺内》的引文，均依据《寺内》1977 年 1 月台湾幼狮文化公司初版本。

这同样也是将幻想、象征和诗意熔于一炉，铸造成一个新的境界。

三

刘以鬯主张，小说创作的方式应该是多姿多彩的。他自己的创作，就尝试了各种各样的艺术手法，不拘一格：有描写了主人公的遭遇与心境，最后才点出他是谁这样的悬念小说，如写曹雪芹的《除夕》；有男女主人公交叉出现，而两人却始终互不相识，毫无关系的，如《对倒》；有始终没有人物出场，而通过环境描写来表现人物和情节的，如《吵架》；也有根本不写人物，而将各种物象拟人化的，如《动乱》……他运用得较多的一种则是西方现代小说中的意识流手法。

刘以鬯对西方的现代派小说创作与理论有很深的研究与造诣，对乔伊斯、普鲁斯特、福克纳等欧美意识流小说大师十分熟悉。他是中国作家中第一个运用完全的意识流技巧来进行小说创作的人，他在一九六三年写成的长篇小说《酒徒》，被称为“中国第一本意识流小说”。他认为：意识流小说是通过人物的精神意象、思想、联想与情绪反应来表现事件的，因而更便于充分地探索人物的内心世界，从而更深入也更真实地反映现实。《酒徒》就是通过对一个香港作家的遭遇和矛盾心理的描写，曲折地反映了香港社会和香港文坛

的黑暗现实。

用西方现代派的意识流手法来表现中国的传统故事，这是一件饶有兴味的实验。本来，中国的古典小说，尤其是古典戏曲，本身就或多或少地具有类似意识流手法的艺术技巧。戏曲中常用打背供、独白、旁唱、咏叹等手法，来描写人物的情绪反应和心理活动等，很接近意识流手法。前面提及的《西厢记》中的《草桥惊梦》一折，用梦幻来表现张生在离别莺莺后对她的思念不已和对前途的担忧不定的心境，更是一段相当完整的意识流作品。那种把运用意识流技巧跟文艺的民族风格完全对立起来的看法和疑虑，其实是不必要的。

在《寺内》中，刘以鬯运用意识流的手法更是多姿多彩。在第三卷道场附荐的那一场景，有一段用无声的对白来展示崔张两人心灵的交流，就很像戏曲中的背供轮唱：

> 香烟袅袅中，有无声的对白。
> (你为什么对红娘说那番话?)
> (我喜欢你左颊上的酒窝。)
> (莫非看透了我心境萧条?)
> (没有别的意思，只想诱出禁闭已久的青春秘密。)
> (为什么躲在太湖石畔看我烧香?)
> (我看的是你，对烧香并无兴趣。)

（为什么要说：不见月中人？）

（因为知道你无计度芳春。）

（你再挖苦人，我就离开大殿了。）

（我来问你，那第一炷香，愿亡父早升天堂；那第二炷香，愿中堂老母延年益寿；那第三炷香呢？）

再看第七卷中对于莺莺赖简的描写：张生跳墙过来后，莺莺惊恐之下，接连五次呼唤“红娘”，中间交叉安排了两人不同的内心独白。张生对于莺莺这种出尔反尔、难以捉摸的感情变化感到疑惑和否定；莺莺既爱慕张生的才识，又怨恨阿妈的赖婚，故而左右为难的矛盾心理，都十分生动地展现出来。而通过外部动作（语言）与内在活动（心理）的强烈对比，莺莺这个相国小姐的复杂性格也就更加鲜明突出了。

接下来的后半卷就更为精彩。用“墙是一把刀，将一个甜梦切成两份忧郁”这句富有象征色彩的诗的语句，把后半卷分切成为十五个段落，交叉写出崔张两人各自的心理状态。隔着一道墙，两人用无声的内心独白一呼一唤，遥相呼应，环环紧扣，层层深入，描绘出一幅“心有灵犀一点通”的诗情画，气象万千。这很像是电影艺术上蒙太奇的运用。其实，传统戏曲里也有此种艺术手法，叫作“隔窗戏”，又称“双棚窗”。刘以鬯把这种传统戏曲的技法同西方现代文学中的

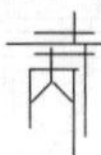

意识流技巧融合在一起，在《寺内》中做了一次成功的尝试。这对于我们今天如何借鉴外国文艺，创造现代化的民族新文艺，也是很有参考启发作用的。

（原载《广州文艺》一九八一年第四期）

《寺内》读后（节录）

梅子

刘以鬯小说创作的丰盈创意和独具匠心，最集中地体现在《寺内》里，这是这本中短篇小说集值得注意的最重要原因。《寺内》里面值得学习的东西是这样的多，以至于要系统地撰写一篇读后感变得很不容易。笔者因此先以“节记”的形式略记数端于此，作为引玉之砖。

《一个月薪水》写的是忘恩负义的故事。情节很简单，一位老佣人在服务了四十三年之后，竟然被一手带大的人逐出家门。但命令不是这人决定的，而是在经济上控制着他的命运的富家出身的太太所下的。这个事实就将这个社会的本质道出。从一滴水看清世界，是这个短篇成功的关键。有人对作者寄同情于马文滔持有异议，我不以为然。其实感动人的地方还在这里。老佣人即使到了最后关头还充分体现了潜藏深厚的母性，而马文滔的软弱，也恰如其分地反映了人性的复杂，这种复杂性反过来也深刻地揭露了作为丑陋的势利女性代表人物的马太太的冷酷。设若没有马文滔夫妇个

性的这一对比，小说的感染力也许要消灭许多。

《龙须糖与热蔗》用电影蒙太奇的手法来描写一个悲剧。但我们看到那结局时，眼前仿佛爆出别样的含意。这含意中有的是对正直善良的歌颂，有的是对纯真爱情的赞美，也有的是对“人渣滓”的唾弃。刘以鬯先生在熟练地调度他的“镜头”时，时时运用对称的意象，目的也许是让两个年轻人心灵的美相互生发。这样的设计，我以为相当别致。

《链》几乎把社会结构内部的某一条“链”公开了。把社会表面的众生相提出来示现，以“点”的顶真来描绘“面”，可谓匠心独运。

《吵架》自始至终没有人物出场，但人物分分钟在文中起作用。评论家指出这是中国短篇小说领域中别出心裁之作，笔者有同感。作者像是杰出的导演，通篇拍出的是吵架引起的场面的凌乱和破坏，但只要不是懒汉，你不难从物件破碎的情状，墙上的痕迹以及地下的不堪卒睹，想见吵架的起因、过程和程度。几声电话铃响，使死的场景平添一点生息。结尾的一张字条，表明这场吵架的前景并非绝境。很好地点出，尽管有了前面那些翻天覆地式的大动作，这场吵架毕竟还只是吵架而已。更敏感一点的读者，兴许还会发现那女主人翁的可爱哩。

《第二天的事》和《对倒》，一是心理小说，一是意识流小说。前者单线平直发展，后者双线交错发展，结局都有点出人意料,但却真实地再现了我们这个畸形社会的现实。

《除夕》和《寺内》是两篇旧题材的小说,特别突出地告诉读者,作者有意以诗和戏剧的因素来丰富现代小说的技巧。在这里,所有常用的修辞手法都被派上用场。“那是一个纯诗的境界,一片蓝,只有芝麻那一点红镶在中间,非常突出。”我想借《寺内》里造句描写来概括刘先生的创意是适当的。在两篇小说中,尤其在集大成式的《寺内》里,这“一点红”格外显眼,它牵着故事的情节向前发展。刘以鬯处处给自己设下难题,但他笔下表现用雄辩的事实暗示他的功力经得住考验。不用说,那被改造而赋予新意的内容怎样给人启发了,单凭这些作品所尝试并取得成功的技巧,也有理由相信:刘以鬯先生把短篇小说创作水准的横竿向上移得更高了。此后写作小说,固然有了借鉴,却也越发困难了。

(原载香港《文汇报》一九八一年十二月二十五日,原题为《〈天堂与地狱〉劄记》,有修改)

“文本互涉”/故事新编：读刘以鬯的《寺内》(节录)

容世诚

一、《寺内》和《西厢记》的互涉

这里不打算交代《寺内》的故事内容，因为它的情节内容，主要改编自大家都耳熟能详的元剧《西厢记》。其实这“不交代”本身，已经说明了《寺内》和《西厢记》的指涉关系。这篇文章之不描述前者的情节内容，是基于假设并相信它的读者对“西厢”故事早已认识；更重要的是，这同时也是《寺内》作者的假设。于此，《寺内》朝向《西厢记》的指涉关系，便成为它示意的重要条件。

无论在中国抑或西方，改编旧戏以创作新剧是常见的现象。戏剧改编里面的前现作品(precursor text)和新作品之间，存在着密切的互涉关系，而这关系是辩证的。在一次故事新编的创作里，新作品的意义产生，往往以过去的前现作品为背景；新作品寄生于旧作品里，依赖前现作品以示意。

但当我们说前现作品是新作品的意义来源时,并不单指这正面的依存衍生关系,更包括反面的否定相逆关系。也就是说,前现作品成为新作品否定的物件。作者或在新的社会文化环境里再次诠释旧作,或通过前现作品来表达……但必定有所改动。值得注意的是:新作品里的新加入部分,或借用语言学的词汇,由作者所新镶嵌(embedding)的,往往都和他的社会文化背景有关,也反映了作者对旧作的再诠释。

通过借用来表达、通过镶嵌以否定,二组文本相接、相逆而相对,在相反相成的互相指涉中令作品产生新义。又正如加斯德娃说:“所有文本都是其他文本的吸纳和转化。”句中所谓“吸纳”和“转化”,正好说明故事新编的示意途径。下面将会以这些观念开始,讨论《寺内》和《西厢记》的关系,以理解前者的示意方式。

二、《寺内》对《西厢记》的吸纳

《寺内》改编自《西厢记》,这点是十分明显的:它们有相同的人物、相近的情节内容、相同的结局,前者改编自后者,是不用置疑的。还有更有趣的,前者之向后者指涉,不单在故事内的题材内容,更兼且指向作品的文类特点——故事外的文学背景,这点在下节会有更详细的讨论。但总的来说,和其他故事新编的情况相同,《寺内》吸纳了大量《西厢记》

的元素，成为它的主要故事骨干和内容。

但是，改编并非借用，更非抄袭。作者既然早已假设读者知道“西厢”故事，一成不变的重复是没有意义的。另一方面，读者会对面前的作品有预计和期望，他们很清楚它是一个改编，希望能找到一些在《西厢记》没有的东西，也看看作者怎样再次诠释《西厢记》。而作者本身亦十分清楚这一盼望和预期。所以，当我们讨论到二者的类同性、二者正面的吸纳关系时必须注意，新作品中呈现的和旧作品相似的地方：人物、情节，只是一种符号。它在提醒读者这是一个改编，提议读者要运用文本互涉的阅读策略；也提供一个背景文本，等待新作品去否定。新的意义也因此而生。

《寺内》的意义，产生自它和《西厢记》之间的辩证互涉关系，读者必须将它放到《西厢记》的背景阅读，才能抓到它的意义。这一衍生兼寄生的关系，突出于《寺内》某些情节上的不衔接空隙之中。因为作者假设读者认识“西厢”故事，因而留下某些意义不明显的不连贯地带，等待读者用他们的互涉能力（intertext competence）——对“西厢”的认识——将之填满。

例如在第一卷作者描述崔莺莺出场：

不是童话。不是童话式的安排。那位相国小姐忽然唱了一句“花落水流红”。谁也不能将昨夜的梦包裹于宁静中……。[1]

"花落水流红"在这一段里,并没有太大的意义,和上下文的"童话""将梦包裹"也无甚关系。因为它是通过向外指涉,联系着《西厢记》第一本楔子里崔莺莺所唱的一曲而产生意义:

〔幺篇〕可正是人值残春蒲郡东,门掩重关萧寺中;
花落水流红,闲愁万种,无语怨东风。

《寺内》中"花落水流红"之和上下文不连贯,使读者立即察觉到它的独特性,使读者将它转变为一指向《西厢记》的符号来阅读,这是它向外的指涉性。通过这符号的向外指涉,不但使它和《西厢记》联系起来,更提供一种线索,使读者在下面的阅读中,也继续运用这一阅读策略,从而将《寺内》和《西厢记》也联系起来。

当阅读从向外指涉再次回到书中"那位相国小姐忽然唱了一句'花落水流红'"的背景时,经过上述的互涉阅读后,"花落水流红"一句已背负了它本来在《寺内》不能产生的意义。读者会将它和整首〔幺篇〕联系起来,于是《两厢记》里

---

① 编者注:本文有关《寺内》的引文,均依据《寺内》1977 年 1 月台湾幼狮文化公司初版本。

崔莺莺伤春的情态，透过“残春”“花落”“流水”“闲愁”“怨东风”等意象，经过读者的介中，通过两个文本的重叠，便和《寺内》一段的上下文结合起来，令他产生更丰富的意义。再者，“残春”“花落”“闲愁”等词汇，会再令读者和中国文学体系里的其他作品系接起来，使它的意义更显丰富。这也是“秘响旁通”的意义所在。

又例如在第二卷：

> 三炷清香燃起久久幽闭的热情，也悟不出月光为何洁白似银的道理。一声虫鸣，一丝风。最真实的东西，在月光底下竟没有影子。
>
> 老槐树说：这个女人一定知道他躲在太湖石边。
>
> 古梅说：不一定。
>
> 老槐树说：她的第三愿是故意讲给那男子听的。
>
> 古梅说：但是她没有说出来。
>
> 老槐树说：不说更妙。
>
> 古梅说：你的意思是这个女人在挑逗那个男子？
>
> 老槐树说：一开始就是这样的。
>
> 古梅说：明明是那男子先吟诗。
>
> 老槐树说：她又何必依韵吟和？

老槐树和古梅的对话内容，和他的上下文是不衔接的，而且明显地指向一特定场景。于是,“三炷清香”“太湖石边”“三个愿望”“吟诗和韵”都转化成符号,建议读者要将这段和《西厢记》一本三折里,张君瑞在太湖边旁偷看莺莺焚香许愿的一场,联结起来阅读。亦即是说,若要理解老槐树古梅的说话内容,明白这段对话的意义,必须把它放到这场景,放回《西厢记》一本三折的背景之中,方能达致。

在这里,作者删去一重要场景,却利用“三炷清香”“太湖石边”等符号,向读者提示它和这场景的指涉关系。另一方面,老槐树和古梅的对话,是原著中没有的,是由作者新镶嵌上的。作者通过这加添的部分,向被他略去的部分,做出批评。这一批评,就是从新观点看莺莺和君瑞之间的关系,也就是作者对这一被删去场景的新诠释。因为和上下文的不连贯,这一距离反而将这不出现(absent)的场景推向前景(foreground),令读者更加注意这不在眼前的人物处境和动作。经过互相指涉,将鸿沟填妥后,这出现(present)的新添上的对话,就更显突出。因此,是“出现的”依附在“不出现”之上,而“不出现的”却倒转过来突出这镶嵌的部分。除了指向特别场景外,也有指向《西厢记》的个别诗词的。

例如在第六卷:

> 月亮的手指,正在拨弄闪熠的池水。音讯来了!音讯来了!崔莺莺仍在迷糊中与自己搏斗。

琴声启开心扉,“不得于飞兮,使我沦亡!”……即诱出禁闭十九年的秘密。

“不得于飞兮,使我沦亡”截取自第二本第五折,张生向崔莺莺弹唱的《凤求凰》一曲。《寺内》所引用的两句,要放回这背景里,才能产生深一层的意义。原文如下:

窗外有人,已定是小姐,我(张生)将弦改过,弹一曲、就歌一篇,名曰《凤求凰》。昔日司马相如得此曲成事,我虽不及相如,愿小姐有文君之意。(歌曰)“有美人兮,见之不忘,一日不见兮,思之如狂……张弦代语兮,欲诉衷肠。何时见许兮,慰我彷徨?愿言配德兮,携手相将!不得于飞兮,使我沦亡。”

《西厢记》这一节已经是借用了司马相如琴挑卓文君的故事,《寺内》两句诗句,必定要放回《凤求凰》整首曲中,及其相关的引申意义——男向女示爱,借琴传达心声,将之挑引……才能有一更完整的意义。

又在故事的尾声,关于郑恒的介入,作者做了这样的描述:

翌晨……崔莺莺的眼睛突生决堤之泛。

事情原是有次序的。有个名叫郑恒的年轻人，在极度的愤怒中携来了满身灰尘。

诺言早已破裂，愤怒是眼睛的胎儿。那失恋的人，擎起幻想，用言语制造楼与阁。

《西厢记》对于郑恒和莺莺的关系，有详细的交代：第一本的楔子已有伏笔，在第五本第三折再有描述。于是，“诺言破裂”“失恋的人”等比较模糊的地方，便通过和上述的原文相互指涉而产生了清晰的意义。

这节所讨论的，是《寺内》如何正面地和《西厢记》互相指涉。综合来说，《寺内》的示意，必须通过《西厢记》这前现文本作为背景，方能完成。首先，二者有衍生的、接收的关系。《寺内》是《西厢记》，它从后者中吸取素材，构成自己的故事主体，所以二者表层的情节内容，极为接近。第二，《寺内》之能产生意义，是通过它和《西厢记》的互相指涉关系。正如前面所说，在《寺内》中呈现不少不连贯地带，它们都成为信号，引领读者进入互涉空间，驱使读者将上下文和原文联系起来。同时，也开展了背景，成为再次诠释和否定的对象。

三、《寺内》对《西厢记》的再诠释：从镶嵌到否定到意义的产生

当我们说《寺内》在《西厢记》的背景里示意时，实际上

指陈着统一而又对立的辩证关系。《寺内》改编自《西厢记》，这是相同方向的指涉的吸纳关系。但《寺内》意义的产生，同时依靠着另一反方向的否定力量。经过改动和转化后，新作品循相反方向作用于原著之上，二者在相接相逆关系里面，互相指涉而产生意义。

所谓“改动”和“转化”，往往就是一种镶嵌：改编者在改编过程中，增添上新的部分。这镶嵌部分，显然为原著所没有，而它更反映了改编者对原著的再阐释之处，又或反映了改编者的社会文化背景。因此，透过观察新作品的镶嵌部分，在一定程度上就能了解，新作品是怎样通过否定前现作品，以赋予新义。

若将《寺内》和《西厢记》并列比较，读者不难发现，作为改编者的作者，在“西厢”故事的骨架上，新镶嵌上不少关于性欲望的心理描写，和有着性的暗示和喻义的情欲母题。亦即是说，二者在表面的情节动作的层次上，虽然极为接近，但在这表层底下的内心世界，却并不一样。而由改编者所突出的，就是其中的性欲望部分。

《西厢记》关于性欲的描写，主要在四本一折，就是写莺莺和君瑞幽会的一场。《寺内》当写到这一片段，是用了比较含蓄的象征手法。但在其他地方，作者却在不同的人物身上，镶嵌上对其内心性欲的描写。前者包括：孙飞虎、崔莺莺、红娘、张君瑞和崔老夫人。例如第四卷写孙飞虎对莺莺的性幻想：

（过三天，那千娇百媚的崔莺莺就要与我共枕了。他妈的，咱一定吻她的乳房，吻得她笑声格格。这相国的女儿不必搽香粉，滑腻的胴体本身就是一种秘密。没有人见过她的胴体，只有她自己。他妈的……这十九岁的闺阁千金，应该算是异味了，不能不教她知道咱孙飞虎的厉害！）

接着的另一场景，便描写崔莺莺的自怜和性想象：

荒谬的今夜。大胆正在孕育大胆。

崔莺莺用手抚摸自己的胴体，爱上了自己。她是因为爱自己才向张珙挑战的。

（他是一个读书人，她想。读书人在床上的疯狂必使孔子流泪。）

（孙飞虎是一个粗人，她想。粗人的动作可以想象得到。）

（所以，她想，为了满足好奇，应该祈祷白马将军早日来临。）

又在第六卷：

隔夜的琴音仍在徘徊，有雄性的意象，与太阳一样真实。

镜子最诚实，坦白告诉莺莺：“你的脸色很难看！”

莺莺第一次对自己有了怜悯，忙将丝巾覆盖镜面。镜子里的“我”有一对饿狮的眼睛。这完全不能解释，但心事似野猫在日午所做的甜梦。

这段描写，是相对于《西厢记》的三本二折。

“雄性意象”“饿狮眼睛”和“野猫的梦”都由作者镶嵌而增上。它们的性喻义都十分明显，而“猫”在《寺内》里，往往都有其情欲的暗示。

例如第二卷：

疾步而去的红娘，想起鱼跃。

呆立似木的张生，想起野猫在屋脊调戏。

第三卷：

……流星掉落在静空，寺内的白猫仍在厨房门口嗅舔鱼腥。

第八卷：

轻轻推开板门，猫在屋檐寻觅异性的足迹。绣花鞋突生处女之羞惭，……

又在第七卷，张君瑞跳过粉墙，应约而来，莺莺嘴里说着：

红娘！你躲在什么地方？快来！

心里想着的却是：

（他有一对会说话的眼睛，崔莺莺想。他是一个有胆量的书生。在月光底下，脸色显得更加白嫩，他身上的皮肤一定也很白嫩，可能比我身上的皮肤更白更嫩。如果……唉！这种念头是不能转的，即使没有人知道也是有罪的。

看见君瑞的白嫩身躯，莺莺便兴起性的欲望，看见张生脸色苍白，她便想象张生曾经有过自我性行为，这都反映了莺莺内心的情欲。

除了莺莺外，红娘、崔夫人和一般人一样，都有性的

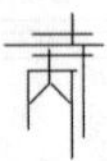

渴求。

在第六卷，红娘读过张君瑞“相思恨转添”一诗后，便“记起了自己的胸脯，渴望有一只粗暴的手”。此外，崔夫人晚上做了这样的一个梦：

> 一个十七八岁的小伙子，借月光辨认方向，不知是故事的错误，或想猎取好奇，竟走入她的卧房。这是必须惊诧的事，在梦中，她有了前所未有的喜悦。然后，她梦见自己的衣服给小伙子脱去，并不感到羞惭，因为相国在世时也常有这种动作。然后床变成池塘，出现了鸳鸯的缠绵。……
>
> 她见到了自己与那个年轻的男人睡在一起。
>
> 而那个年轻人竟是张君瑞。

可见崔老夫人对张君瑞是有性幻想，在饯行席中，她以“眼睛蹂躏张生”，又：

> （这个读书人一定有个滑腻的身体，她想。我的女儿有福了。）

以上的关于人物内心世界的描写，都是由作者新镶嵌上“西厢”故事的骨干之上。尤其是作者往往用了括弧，表示这段说话，属于说话者的内心独白，也是作者再诠释“西厢”故事的地方和结果。他通过镶嵌，加添并突出情欲的描述部分，从现代人的眼光，暴露《西厢记》人物的心理状况，以重新理解故事内的人与人之间的交互关系。

除了性欲的心理描写外，作者更增添了与情欲有关联的词汇，构成一系列重复出现的情欲母题。上面提过的“猫”就是其中例子。而“欲望”一词本身，亦经常在作品中呈现：

> 欲望仍未触礁，张君瑞无意翻开书卷。
>
> 欲念属于非卖品，诱惑却是磁性的。
>
> 微风轻拂脸颊，有欲念搭成意象的图案。
>
> 还在笑……欲念一若火上栗，未爆。
>
> ……这边是张君瑞，那边是崔莺莺。这边是馋嘴的欲望，那边是会捉老鼠的猫。
>
> 逗出了处女心，神坛上的烛火燃起心中热情。……将使奇异的花朵茁长自渐次扩大的欲念。
>
> 大雄宝殿的调情。
>
> 包不住熊熊欲火。佛说：有因有缘的，就会生长。

此外，“饥饿眼睛”“春色春意”“香味引诱”“接吻”等词汇，也曾重复地在《寺内》出现。这些情欲母题的重复，这些新镶嵌部分，构成词汇冗余（lexicon redun dancy），不断地重

复着同一讯息——情欲,和上述的心理描写,互相呼应,并互相携手形成一股反方向力量,作用于原作之上。

总的来说,除了上节讨论过的吸纳关系外,在《寺内》和《西厢记》之间,也存在着反面的指涉。这两种关系相互作用,相互配合,以完成示意的任务。因此,《寺内》是从否定中建立意义,《西厢记》的存在成为它示意的必需条件。作者通过镶嵌过程,使两组本义互逆相对,以表现他对《西厢记》里的人性的新看法。

然而这对人性的新看法,这些镶嵌部分,正如前面所说,和作者所处的社会文化背景有莫大的关系。"西厢"故事始自唐元桢《会真记》,经过金董解元《西厢记诸宫调》、元王实甫《崔莺莺待月西厢记》,以及明李日华、陆采等人的改编,都没有像《寺内》般突出其中的情欲成分。而《寺内》作者之能从这角度重新诠释"西厢",也必定和他的文化处境有关。

《西厢记》在不同时代有过不同的改编,但只有到了二十世纪,人类文化思想经过弗洛伊德(Sigmund Freud)性爱理论和精神分析学思潮的洗礼,才会出现《寺内》这种突出其性爱含义的改编本。在这新的性观念里面,其性欲被视为人类的正常欲望,是不应被压抑的;它是人类与生俱来的本性,不应被视为禁忌。精神分析学倾向从人类潜意识的角度观念解释他们的行为,更带来了例如梦境、幻想说、自恋等一系列观念。小说里崔夫人晚上的绮梦、崔莺莺的对镜自怜、小红娘对性的希冀，这些新镶嵌上的部分，都产生自这类对性的新看法。

在过去，《西厢记》往往被视作“诲淫”，但从今天的眼光来看，书中并没有太多露骨的、赤裸的性欲描写。《寺内》的作者，站在二十世纪的文化背景里，重新评估“西厢”故事内人物的性和人性的关系。通过刻意的性心理描写、重复的情欲母题，将本来只属于暗流的情欲成分，在小说中推向前景加以突出，也就是把在原作中潜藏的或被压抑了的性欲，翻张倒转过来，以呈示在读者的面前。这也是《寺内》所指向的文化背景。

（节录自《香港文学》，一九九〇年五月五日，原题为《“文本互涉”和背景：细读两篇现代香港小说》）

刘以鬯作品年表

一、小说集

1948 年 10 月,《失去的爱情》(中篇,上海桐业书屋)

1951 年 9 月,《天堂与地狱》(短篇,香港海滨书屋)

1952 年 6 月,《第二春》(长篇,香港桐业书屋)

1952 年 10 月,《雪晴》(中篇,新加坡南方晚报社)

1952 年 12 月,《龙女》(长篇,新加坡桐业书屋)

1957 年,《星加坡故事》(长篇,香港鼎足出版社)

1958 年,《梦街》(长篇,香港海滨图书公司)

1959 年 5 月,《私恋》(长篇,香港南天书业公司)

1959 年,《天堂一角》(长篇,香港南天书业公司)

1959 年,《演戏的人》(长篇,香港明德图书公司)

1961 年 8 月,《蕉风椰雨》(中篇,香港鼎足出版社)

1963 年 10 月,《酒徒》(长篇,香港海滨图书公司)

1964 年 4 月,《围墙》(长篇,香港海滨图书公司)

1977 年 1 月,《寺内》(中短篇集,台湾幼狮文化公司期刊部)

1979 年 12 月,《陶瓷》(长篇,香港文学研究社)

1984 年 8 月,《一九九七》(中短篇集,台湾远景出版事业公司)

1985 年 5 月,《春雨》(中短篇集,香港华汉文化事业公司)

1993 年 7 月,《岛与半岛》(长篇,香港获益出版事业有限公司)

1993 年 12 月,《对倒》(长篇,北京:中国文联出版公司)

1994 年 5 月,《黑色里的白色白色里的黑色》(中短篇集,香港获益出版事业有限公司)

1995 年 5 月 18 日,《蟑螂》(英译本,中短篇集,香港中文大学翻译中心)

1995 年 5 月,《他有一把锋利的小刀》(长篇,香港获益出版事业有限公司)

2000 年 12 月,《对倒》(长篇、短篇合集,香港获益出版事业有限公司)

2001 年 4 月,《打错了》(微型,香港获益出版事业有限公司)

2003 年 4 月,《对倒》(法译本,长篇,法国 Editions Phil-

ippe Picquier)

2003 年 7 月,《酒徒》(长篇修订版,香港获益出版事业有限公司)

2005 年 3 月,《异地·异景·异情》(短篇,香港文汇出版社有限公司)

2005 年 5 月,《模型·邮票·陶瓷》(长篇、中篇、短篇、微型合集,香港获益)

2007 年 11 月,《天堂与地狱》(短篇,香港获益出版事业有限公司)

2010 年 6 月,《甘榜》(短篇,香港获益出版事业有限公司)

2010 年 11 月,《热带风雨》(短篇,香港获益出版事业有限公司)

2011 年 7 月,《吧女》(长篇,香港获益出版事业有限公司)

2014 年 10 月,《酒徒》(韩译本,长篇,韩国京畿道坡州市创评出版社)

2015 年 10 月,《酒徒》(注本,长篇,台北行人文化实验室)

2015 年 10 月,《对倒》(注本,长篇、短篇合集,台北行人文化实验室)

2016 年 7 月,《香港居》(长篇,香港获益出版事业有限

公司)

二、散文集

2003年6月,《他的梦和他的梦》(散文集,明报月刊,明报出版社)

三、评论、杂文集

1977年9月,《端木蕻良论》(文学评论,香港世界出版社)

1982年4月,《看树看林》(文学评论,香港书画屋图书公司)

1985年2月,《短绠集》(文学评论,北京:中国友谊出版公司)

1997年8月,《见虾集》(评论、杂文,辽宁教育出版社)

2002年7月,《畅谈香港文学》(评论、随笔,香港获益出版事业有限公司)

2007年12月,《旧文新编》(杂文,香港天地图书有限公司)

四、选集

1979年12月,《刘以鬯选集》(小说、散文、评论,香港文学研究社)

1981年8月,《天堂与地狱》(中短篇集,广州:花城出版社)

1991年4月,《香港文丛·刘以鬯卷》(诗、小说、散文、评论合集,三联书店[香港]有限公司)

1994年9月,《刘以鬯实验小说》(长篇、中篇、短篇、微型合集,北京:中国人民大学出版社)

1995年12月,《刘以鬯中篇小说选》(中篇,香港作家出版社)

1998年10月,《龙须糖与热蔗》(小说、随笔合集,北京:新世纪出版社)

2001年5月,《刘以鬯小说自选集》(中篇、短篇、微型合集,天津:百花文艺出版社)

2001年9月,《不是诗的诗》(小说、散文、剧本、评论合集,香港获益)

2001年12月,《过去的日子》(中短篇集,上海:百家出版社)

2003年12月,《多云有雨》(微型、短篇合集,三联书店

［香港］有限公司）

2009年1月，《刘以鬯小说集》（长篇、中篇、短篇、微型合集，香港明报月刊、新加坡青年书屋）

2014年7月，《香港当代作家作品选集·刘以鬯卷》，（小说、散文、评论合集，香港天地图书有限公司）

五、译作

1974年5月，《人间乐园》（乔·卡洛儿·奥茨原著，香港今日世界出版社）

1980年，《娃娃谷》（积琦莲·苏珊原著，香港青岛出版社）

1982年5月，《庄园》（以撒·辛格原著，台湾远景出版公司）

（本表基本上不收异地中文重版本，资料由刘以鬯夫人罗佩云女士提供并修正，编者做了补充和新的分类。——2016年12月1日注）